"Et hav fløjl af skifer,

en snehvid strand,

en enorm fyrreskov, der taler og ånder vind,

en bleg guldring pyntet med en ovalsmaragd.

Ecstasy brænder inde i mig som hvid ild.

En regn af bittesmå diamanter

Det skinner på klitterne af beton og asfalt.

Galopperende på en hvid hest

pknogle se fatamorgana afmitslot.

Væggene er af hvid granit som de indvendige og ydre søjler

og statuer afløver,

Gulvene, søjlerne er skifer granit.

Du, tryllekunstner læser, afsondret i et roligt sted

trække vejret dybt

og derefter starte din ordre til universet.

Mærk duften af dit ønske opfyldt. "

Brigitte Blomster

07-07-2022, Zakyntho Island, Grækenland

Afsnit 1

Dagbog af Daphne Menàres – 21/07/2022

Jeg, Dafne Menàres, chilener, født iZakynthos den 14. november 1961, jeg indsamlede de nuværende minder om eventyr af min ven og arbejdsgiver Brigitte Fiori, og jeg bad hende om tilladelse til at offentliggøre dem for at øge hendes berømmelse som en excentrisk adelskvinde, der var så godt bygget i de lande, hvor hun boede. Jeg vil supplere min ydmyge skrifter med hans dagbøger og de mr. Roman Hunter af hensyn til fuldstændigheden.

Brigitte Fiori er en elsker afskønhed i alle densformer, herunder den mærkeligste og mest unikke. Hun elsker kunstudstillinger, museer, musik ogdans. De mange interesser, tilfældigheder, uventede møder, tilfældige kun for et lidt bevidst øje, log tilbyde materiale til at skrive sine historier. Hun kan lide legender, anekdoter, alt, hvad der er ædelt, forhøjet og samtidig ærlig og oprigtig.

Puglia, udgangspunktet for denne historie, er en smal tunge af frugtbar jord, der strækker sig i Middelhavet mod de græske øer, med bakker, dale og sletter, dækket med fyrretræer, oliven- og mandeltræer, fine vin vinstokke og store figen- og jordbærtræer, som giver kølighed og aromatiske frugter.

Lige i det centrale område af den italienske kyst svarende til boot planen, en bugtet træ-foret avenue fører fra stranden op ad en bakke omgivet af gadelamper, der om natten skinne som diamanter af en halskæde. På toppen af bakken i en tyk fyrreskov ligger, skjult blandt træerne, Villa dei Cedri. Porten er høj, sort og med et indviklet design, blødgjort af hække af vilde roser og laurbærplanter, der løber parallelt. I verandaen på første sal nær de store lervaser, der huser store ficuses, en kvinde så smuk som en nymfe, med meget langt rød-orange hår og krikand øjne, praksis danseøvelser og kampsport, lytte til Mozart symfonier, mens en høj og meget tynd mand tager sig af planterne i den enorme glas kuppel drivhus, der støder op tilhovedbygningen. Den kvinde har navnet Brigitte Fiori, men hun er kendt af alle som hertuginden af Otranto. Min søde bizarre ven betaler mig en dronnings løn,jeg er hendes højre hånd, ligesom hendes mand Roman.

Juni var lige begyndt, men dens varme var allerede rødglødende dage og nætter. De første udbrud af daggry, fandt jeg igen blandt arkene af rå linned broderet med blomster, at drømme om Cataldo, min spanske kæreste, der flygtede til Cypern for at søge sin formue som kok. Jeg rejste mig dovent. Damen vil have alle til at udføre deres opgave uden unødig stress, så husets energiske vibrationer holdes positive, det vil sige ved de høje frekvenser af glæde, kærlighed og entusiasme.

Der var stadig en jomfru og frisk stilhed, kun afbrudt af nogle få spurve, af nogle svaler under flyvning og af strømmen i haven af vandstrømme, der fra delfinernes mund, havets guder og sirener strømmede ind i den store cirkulære tank af mørk flodsten. Jeg gik ud i verandaen på mit værelse og beundrede stjernerne og en skive af månen, hvis lys falmede som himlen blev klarere, og nogle flagermus dvælede flagrende i en cirkel som en stor skør møl. Jeg tændte et lys og fordybede mig i en god time i min yoga- og meditationspraksis. Så gik jeg ned i køkkenet, tændte kaffemaskinen og tekedel. Derefter gik jeg kort ud i haven, tog nogle roser for at dekorere bordet og forberedte morgenmad til alle med sæsonbestemt frugt, lokal honning, croissanter med fløde og marmelade, forskellige slik, som hertuginden ville have mig til at gøre hver dag.

Jeg bemærkede fra det elektriske lys skinner gennem glasset, at Jordan, gartneren-factotum var allerede i drivhuset. Jeg tændte for grammofonen og tændte Chopins plade.

- Jordy! - Jeg hørte en riflet stemme, næsten en whisb, efterfulgt af en raslen af en silke badekåbe.

- Her er jeg, madàm. Godmorgen! - Sagde han med en dyb bue - Det er smukt at beundre din skønhed ved daggry.

- Godmorgen Jordy, jeg vil gerne advare dig om, at jeg i dag og i de næste par dage vil have ret travlt. Faktisk er jeg færdig med at skrive en tekst. Dette vil være den mest glade, ubekymrede og videnskabelige bog, der nogensinde er skrevet.

- Udmærket, frue.

- Tak for din støtte. Her tror jeg, ja jeg er sikker på, at denne bog straks vil øge hyppigheden af vibrationer af læseren. Ja, kære Jordy, denne tekst vil give mig ære og berømmelse. Jeg vil forklare i det de mest intime og skjulte kvaliteter af den lykkelige og succesfulde mand. Jeg tror, at milliardær af vores dag er egoistisk, virkelig arrogant egoistisk, men på den gode måde. Han er i hvert øjeblik klar over sin guddommelige natur. Alt, hvad han dvæler sin opmærksomhed bliver til guld og ædelstene, selv sår og traumer bliver tilcorone og tiaraer.

- Skal jeg være maskinskriver for dig?

- Tak, kære Jordan. Men jeg vil hellere bruge mine egne fingre. Jeg vil gå ud og skrive på verandaen i mit atelier. Vi mødes igen ved middagstid.

- Tilbring en guddommelig dag. Det var en fornøjelse at tale med hende.

Derefter lukkede jeg køkkenvinduet og arrangerede på bordet påverandaen frugten, tærterne, den caribiske kaffe, den grønne te i retterne af fint kinesisk porcelæn. Jeg tog Mozart på, og jeg begyndteat pakke en skive orange tærte ud, mens jeg nippede til kop varm kaffe. Mine tanker stadig vandrede på Cataldo's kys, da jeg så Madàm komme ind og sidde vedbordet ved siden afmig, den meget lange rød-orange hår i en forhastet stykket på toppen af hovedet.

-    Godmorgen Madame Brigg!
-    Godmorgen Lucy og tak.

De fortsatte med at afslutte morgenmaden i stilhed. Madame var særligt betænksom. Han forestillede sig handlingen i den tekst, han ville offentliggøre i slutningen af måneden. Hans øjne observerede usynlige objekter. Hans fraværende udtryk fast i tomrummet antændt i et smil, når en ny idé blomstrede i hans strålende sind.

Dagbog af Brigitte Fiori

Lørdag den 28. september 2019 – Mottola, Salento

I dag vil jegirmirmi møtrikkun af denne skifer himmel,   og at havet i
horisonten, blød våd fløjleller, så cool, såbehageligt, som våd mos i en skov
efter sommerregnen.   Om aftenen lyse prikker som små perler sprede her og
der,   og blomstre som diamant blomster på fløjl af natten.

Det er varmt i dag. Efteråret sidder stadig fast i den varme sommer, som en
baby, der ikke ønsker at forlade den hyggelige livmoder.

Jeg føler, at det haster med at være tæt på Roman. Nu bor jeg i denne
mystiske og gamlested, Mottola, hvor små smukke hvide huse, store rige
villaer, respektable ejerlejlighedìi skjule liv, relationer,hemmeligheder. Hver
person er den jeg 17 år gammel, med en rød-orange læbestift, camminandeller
for stradog i denneby. Der er store gader i forstæderne,hvor jeg bor sammen
med mine forældre. Sådanne veje er ofte træforede og beskriver buede linjer i
bunden af bakken, omkring dens centrum.

Når du går op, vil du støde på smallere og smallere gader, blindgyde,
baner, der adskiller de huse, der bliver stadig ældre, selvom de er rene og
velholdte.

Folk er ganske rart, venligt og retfærdigt. Mottolesi er et stolt folk.

Handlende er dem, der er mest tilbøjelige til at frigøre smil.

Det er et roligt, lykkeligt sted, du kan bo der i fred. Landskabet strækker sig
umiddelbart efter periferien vækfra centrum. Om sommeren hører vi
cikadernes mænd synge deres koncert for at forføre hunnerne, hvilket synes
at være ringere i antal.

Jeg lukker øjnene, som jeg gjorde tidligere, går hjem, efter skole. Det er, som om jeg vågner efter en lang søvn. Der er meget sand omkring dette slot. Jeg fandt i et skab nogle krukker fuld af mørk honning, virkelig lækker. Min mor har lige vasket sit hår med en ny shampoo fra Oreal, meget duftende. Dens aroma fyldte gangen. Og hun gik til messe, mens min far tog til landet.

Jeg elsker dem begge.

Jeg ville bare ønske, at dette vidunderlige panorama, der kan ses fra balkonen på mit værelse, ville komme ind i mig med sin matiated og bløde skønhed. Den friske aroma af det blå hav, der blander sig i horisonten med den grænseløsehimmel.

Duft af citronis, jeg spiste så meget af det, da jeg var barn. Nu er aftenen faldende, solnedgangen tilføjer en delikat lyserød bag de himmelske bjerge. Jeg hviler lidt på sengen og læser Murakami Haruki. Så går jeg ud på balkonen. Her er atmosfæren magisk, lavet af mirakler, overnaturlig. Himlens pastelfarver blev tilføjet en lysegul og en lille violet. Nu er himlen helt rød. Og jeg kan mærke den varme følelse af hjem, af lykkeligt og roligt liv med min mand Roman, i et behageligt hus,i vores slot.   Den følelse af fred, tilfredshed, velvære. Ja, Roman, kun med dig havde jeg den vidunderlige oplevelse, og jeg holder det i mit hjerte. Vi vil leve lykkeligt sammen til vores dages ende. Jeg føler det, det er en sikkerhed nu.

Ingen tvang, ren fri og duftende kærlighed.

Jeg er bare journalist, jeg forsøger ikke at ændre begivenhederne, at være bare en observatør og et vidne om mine følelser. Nu her i Mottola, i det sydlige Italien, er det koldt. Jeg husker at gå fra Blairs hus til Lucy's restaurant på Mosley Street, Wasaga Beach,i Ontario, Canada. Vivil snart være sammen og bo i vores hvide slot på havet. Jeg gifter mig snart med dig. Da jeg var usikker på mit fysiske udseende, spurgte jeg dig, hvordan jeg så ud, og du svarede mig med en meget øm stemme: Smuk.

Oleanderne blomstrer i villaerne nær havet, jomfruelige skove udryddet i dit rene hjerte som mit. Sæderne er trods alt alle ens. Gader, byer, folk strømmede til Union Station metrostation i Toronto, som enhver anden i Tokyo eller Milano.

Solnedgangene, løbene til at mødes, fare vild og finde dig selv mere forelsket end før. Jeg husker tydeligt møde på Starbucks og derefter gå rundt om dig med skateboard, jeg kører ved siden af dig eller bag. Jeg vil være tilbage i Toronto, jeg hører det højt og tydeligt, er jeg sikker på. Jeg elskede at være der så meget, på trods af alle de vanskeligheder, jeg stod over for. Med dig glædede jeg mig så meget, og jeg nød den by. Jeg husker kærligt, da jeg filmede dig halvt ophidset halvt bange, mens du gjorde dine tricks. Du husker, da du prøvede i en time måske at kick-flip på en bred trappe delt i halve af en forhindring inde Hamilton University. I sidste ende lykkedes det dig, alle svedige du krammede mig og skrev til en ven, at jeg havde opført sig som en rigtig kvinde!

Her til morgen omkring 7 o'e. fuglene sang med krystalklar glæde. I dag
bliver en vidunderlig dag. Denne ensomhed er dybest set søges af mig og
giver mig mulighed for at arbejde med ardor på mig selv at gøre mine
drømme til virkelighed. Vær en glad og opfyldt forfatter, hvorfor ikke lykkes.
Må mine skrifter være til trøst for nogen.

I aften vågnede jeg op omkring 2, efter en mærkelig drøm, hvor Roman og jeg
var i et ukendt land, og han forlod mig, for at gå hvem ved hvor. Så ville jeg
finde ham på et møde, liggende på en siddende pige, der klagede og afviste
ham. Og til mine spørgsmål, svarede han, at han ville flytte væk fra den pige,
fordi hun nægtede, og han var ligeglad med mig. Sandsynligvis drømmen
fremhæver min frygt og min mistillid til mig selv, i min evne til at holde en
mand tæt. Jeg mindes min ex M.B., med al respekt jeg taler om det, han var
tæt på mig i et stykke tid, og så da han fandt en anden, han blev vildt forelsket
i, jeg endelig besluttede at åbne op for dig, Roman, min blond engel.

Dette fængsel, som jeg sagde, dette dyrebare rum af ensomhed er en lys
kokon af chrysalis. Sommerfuglen kommer langsomt ud og bryder sin skal.
Mit mål er at lindre stress, at spændingen, at jeg føler i hele kroppen, stivhed,
følelsesmæssig blokering. Derfor skifter jeg skrivning med yoga-dans, det vil
sige en flydende og afslappet måde at flytte til musikkens rytme eller i ens
egen indre stilhed.

Den højeste og ældste del af denne lille by, lige påtoppen af en bakke i
Salento,kaldes Schiavonìa. Her er husenes vægge alle malet af hvid kalk.
Dørene er naturligt træ eller pastel, jeg så også en lyseblå. Gaderne er smalle

og brolagt med uregelmæssige hvide småsten, kaldet chianche. Jeg husker, da Roman og jeg besøgte Hamilton Falls, gik langs lange strækninger af landeveje, men også gader fulde af biler, spændende og samtidig skræmmende. Men ved din side føler jeg mig i stand til at gøre noget.

Afsnit 2

Mandag den 14.10.2019, 08:14 – 11:19, Mottola, Puglia

Jeg elsker at bære om sommeren, bomuld blonder tøj, sarte farver, lang op til anklerne. Mit brune hår rører mine hofter og er silkeblødt. Havet i horisonten er en blød skummende og frisk pude, der her til morgen fusionerer med den lyse himmel i oktober.

Når aftenen falder på, og om natten, bemærker jeg, at kattene i nabolaget frit kan strejfe rundt i omgivelserne. Jeg har altid haft et blødt punkt for katte racen. I fortiden, i perioden fra 2003 til 2009 jeg bremset og derefter holdt op med at studere fysik, og opholder sig hjemme med min egen, tog jeg mig af omstrejfende katte, helbredte dem og fodret dem så godt jeg kunne. Jeg følte, at jeg var mor, de fyldte min dag med kærlighed og kram. Jeg var nødt til at forlade dette hus for at afslutte mine studier i Milano og søge arbejde i Norditalien. Men intet stabilt jeg har fundet og stadig sende min læseplan i hele Italien, reagerer på jobtilbud som receptionist, ledelsesassistent eller salgsassistent. Skrivning Jeg synes er en aktivitet, der passer bedst til min personlighed. Dybest set elsker jeg at tilbringe mange timer i ensomhed eller næsten, bare min kæreste, mine forældre og børnebørn, og nogle dyr eller insekt. Jeg bruger denne tid på at læse, skrive, lytte til musik, laver yoga-dans og meditere, skiftevis disse aktiviteter korrekt, efter min intuition.

Smykker. Jeg elsker den enkle, glatte smykker med farverige perler sæt. Jeg tænker på dig, fordi mit ægteskab er nær.

Jeg husker, søde Roman, den våde og kolde nat, du holdt mig kramme hele natten på stranden.

Så i Collingwood, i billige moteller, jeg nogle gange stjal tøj (sokker, trusser, bukser,oni magli, T-shirts)fra Loblaws tidligt om morgenen, mens du stadig sov, min skat.

Bjerge af penge er tilgængelige for at bo sammen i vores hvide slot nær havet. Vi skriver, vi læser. Elleralligevel optager vi nogle videoer til YouTube Instagram, hvor du danzo og jeg spiller.

Jeg går nu rundt om vores slot med meget høje mure, omgivet af en enorm blød græsplæne, jeg går der det meste af tiden bare barfodet: Jeg kan godt lide at drikke dampende kaffe udenfor i den kølige morgenbrise, mens du romersk røg (og du forsøger at stoppe snart vil vi drikke den røgfri kaffe). Så tager jeg hjem, tager kaffen med hjem, vælger den smukkeste keramiske kop, jeg finder, og tager den med i haven. Men før jeg giver dig den, kysser jeg dig på kinden og krøller næsen til røgens duft.

Indpakket i et blødt tæppe, jeg hovedet til stranden, gå et par minutter langs kysten, jeg ved, du er ved at nå mig. Jeg venter på, at du nærmer dig, og så krammer jeg dig. Bølgerne slår kystlinjen, og med deres monotone ekko luller de os.

Jeg opfatter i det fjerne en sød melodi, der åbner som et hul i min stadig søvnige bevidsthed. Musikken kommer fra en hytte af , der elsker at spille mundharmonika i munden i de tidlige morgentimer, før de går på arbejde. Jeg begynder at danse i en bikini efter at have kastet tæppet på jorden og faldet i trance. Jeg kan lugte harpiks, det tilhører fyrretræerne, der følger hinanden langs kysten. Min lugtesans er meget fin, for udøvelsen af yoga og sandsynligvis for valget af at være veganer.

Jeg begyndte at spise kun fødevarer, der ikke stammer fra dyr i Milano, efter
råd fra en naturopat. Jeg må sige, at denne type ernæring fremmer
koncentration og generelt fysisk og mental energi. På det tidspunkt var jeg
faktisk nødt til at forberede mig til de sidste eksamener på universitetet, og jeg
var praktisk talt alene uden rigtige venner, kun lejlighedsvise bekendte.
Måske var jeg slet ikke disponeret for at skabe obligationer.

Onsdag den 16. oktober 2019

Jeg ser for sandheden, som for mig ligner en oval solid form, i en bas-relief af en kolonne. Jeg hører raslen af biler, der kører på gaden. Folk tager på arbejde, de tager hjem, de ved, hvor de skal hen. Alt flyder i rækkefølge her i Mottola på dette tidspunkt, det er 12:00. Jeg føler, du lukker Roman. Vi ses snart. Kys.

Jeg husker de lange rejser til fods, dag og nat. Du gik baglæns peger tommelfingeren op at se på bilerne smilende, jeg gik fremad og ser ind i dine øjne (hvor smukt det var!). Nogle gange har jeg også fortsatte baglæns omhyggeligt, ser over min skulder for ikke at falde i nogle grøften, til stede langs vejene. Du sagde opfundet ord uden konventionel forstandog,bare for at give dig afgift og energi, og jeg efterlignede dig.

Nu er jeg liggende på mit soveværelse seng, mine ben rejst på en fitness maxi-ball, en let brise kommer ind gennem vinduet. Jeg lytter på YouTube Boards of Canada. Havet i horisonten er en skummende aske himmelvæske, som champagne i en enorm kobber kop. Jorden, blødt tæppe under mine bare fødder, indgyder i mig tillid og hengivenhed.

Jeg forlod helikopteren nær fyrretræerne og nærme sig det krystalklare vand. En magpie tyv med en sort og hvid blank fjer frakke, med metallisk grøn og lilla refleksioner, udsender sin skingre græde. Jeg vaskede gulvet i huset. Jeg føler mig bare mere inspireret, når det er rent. Hvis jeg venter for længe mellem vasker, bliver det for beskidt, og jeg føler et vist ubehag.

Jeg elsker tanken om et hus nær havet, havet. Jeg kan godt lide at høre raslen af bølgerne bryder inexores på kysten. Jeg føler, at vandet kommer ind i min sjæl og renser det op, forlader i min ånd en klar opfattelse, en ren stille bevidsthed.

Ren orange rød emalje formel #23 Deborah (jeg købte den i dag). Skrivning er som at forme en blok af marmor for at bringe den statue, der bor derinde. Gå forsigtigt for at fjerne det overflødige, hvilket får sjælen til at fremstå nøgen, den rene og krystallinske følelse af at leve.

Jeg besluttede at skrive, fordi jeg ønskede at gøre noget, der ville tage mig i. Og det er en forvandling, der sker, hver gang jeg træffer en beslutning på linje med mig selv, jeg bryder lidt mere min kokon af døde chrysalis, der genopstår til en sommerfugl. Det er en proces, der kræver tålmodighed, vedholdenhed i at justere hvert øjeblik.

Jeg har aldrig seriøst tænkt på at skrive, indtil disse friske og solrige dage i oktober. Og at sætte orden i mit sind, i mine erindringer, alle de eventyr levede, de besøgte steder, folk mødtes på gaden. Når jeg skriver sort på hvid, ideerne synes skarpere, mere solid. Linjerne bliver mere markante. Den opstigningaftager, ser jeg med mere klarhed i detaljerne.

Sandstorm, prøv at gå videre med de små pletter, der kommer ind i dine øjne i ørerne, i munden. Måske endnu værre end snestormen, hvor vand, iskold vind og is kommer imod dig, når du forsøger at nå på en søndag formiddag, det nærmeste supermarked for et presserende behov, og der er ingen på gaden. Alt sammen i bil eller derhjemme. Nu er det stadig varmt i Mottola, meget mere end i Collingwood, Ontario, Canada.

Jeg er netop vendt tilbage fra posthuset for at gøre en genopladning til min forudbetalte Evolution, bare for at købe online et par varme og komfortable hjemmesko, for et strejf af elegance til mit hjem rutine yoga, rengøring, skrivning. Japansk musik passer især til den grundlæggende stil på mit værelse. Det tager lidt at føle sig glad og tilfreds. Kast dig ud i noget smukt og kreativt, som at arbejde på min historie, en balkon med planter, der ryster i efterårets brise. Eksotisk musik, især klaver.

Jeg vil gerne udstråle sundhed og velvære. Jeg bliver ved med at skrive sådan her, jet. Jeg er bange for, at hvis jeg holder op med at tænke, mister jeg tråden, jeg sidder fast. I stedet vil jeg have min hvide Pilot Japan stylus til at flyde glat på arkene, fortæller verden min historie. Ikke at det har noget særligt, men det kan være af interesse for nogen. Jeg er nødt til at holde gå ud, kører, fysisk aktivitet øger produktionen af adrenalin og rejser stemningen.

Jeg er glad, jeg bor sammen med min mand i den berømte hvide slot på kysten af Livorno, jeg fandt et fantastisk stykke arbejde i banken, så jeg kan hjælpe mange mennesker, og jeg kan tage sig af de ting, jeg holder af. Jeg har en bil, en båd og en helikopter, samt hvide og guld rulleskøjter, og endelig en

Skull skateboard. Jeg købte et par heste, en hvid til mig og en sort til Roman.

Vi er så forenede, og vi ønsker en verden af godt. Men vi er uafhængige og

giver frie tøjler til vores kreativitet. Jeg danzo og skrive, han læser,

komponerer musik, går med skateboard. Vi går ud sammen for en tur til

stranden, tidligt om morgenen, før vi går på arbejde.

Det er vigtigt at meditere to gange om dagen, morgen og aften, på ens

opfyldte ønsker og at leve som om de allerede var der foran dine øjne.

Ligesom da jeg studerede på universitetet og forestillede mig, at jeg tog

eksamen perfekt, og eksamen passede mig rigtig godt.

Mine forældre bor i det sydlige Italien, men deres hus er blevet renoveret,

med min økonomiske hjælp.

Jeg endelig købte juveler jeg havde ønsket i mange år, jeg doneret millioner

til humanitære og dyrevelfærd foreninger. Jeg fremmer mærker af kosmetik,

fødevarer og produkter, som ikke udnytter dyr eller mennesker.

Jeg skriver om aftenen, eller når jeg har lidt fritid.

Ved solnedgang mediterer jeg på et blåt tæppe af fleece, på balkonen. Jeg

føler mig så rig at se den glødende røde globus forsvinde blandt de azurblå

skyer bag de himmelske bjerge i horisonten.

Fugle, især spurver, hilser på solen med deres glade sang, og en ensom solsort

skiller sig ud. At føle forbindelsen til universet er vidunderligt.

Smukt at have min mand ved siden af mig, hver aften, spise sammen, læse i

sengen sammen, lytte til musikpå. Fortæl dig selv om eventyr af dagen og

grine af det.

Danzo. Munter gul-orange gazanie, også kaldet afrikanske tusindfryd, skælver i brisen på balkonen på mit værelse. Den lette brise kommer ind og opfrisker mit sind, her ved skrivebordet. Jeg ville ønske, jeg var tæt på Roman. En båd forankret nær bredden af søen. Et sommerhus, hvor vi tager hen i weekenden. Når det er varmt i byen, er det køligt der. Mens hvis det er koldt, er der en dejlig pejs, overdådige puder og tæpper på trægulvet.

Ved siden af dig er jeg glad, som en stærk bregner jeg klamrer sig til din smukke krop-sjæl. Du er vidunderlig, når du suser let på skateboardet på byernes fortove, på engelsk kaldes de gang-måder, og når du sparker - enorme flips på ramper på 2-3-4-5-6-7-8 trin.

Jeg lavede et interview til en privatlærer i matematik og fysik sidste onsdag. Eksaminator virkede virkelig interesseret og fascineret. Hun spurgte mig om de ture, jeg lavede, svarede jeg, at de var resultatet af omstændighederne. Jeg elsker at flytte, hvis et andet sted, mine drømme har flere chancer for at gå i opfyldelse.

Min historie er, at en flittig pige, let at socialisere, temmelig ydmyg og måske lidt naiv. Jeg husker alle mine lærere var glade for at have mig som studerende.

Jeg forlod Italien, præcis en lørdag aften, 12. marts 2016, alitalia lufthavn på vej til Pearson lufthavn i Toronto. Rejse på omkring 13 timer, direkte. Virkelig behageligt. Men i den romerske lufthavn var der ikke. Jeg lejede i en måned et værelse med en midaldrende mexicansk kvinde. Jeg havde smerter i knæene fra det dør-til-dør-arbejde, jeg havde udført fra september 2015 til februar 2016. Ikke desto mindre besluttede jeg at forlade. Ønsket om at se dig roman og starte et nyt liv var for stærk.

Min far tillod dette ved at give mig penge nok til flyvningen og til at begynde at bo der. Jeg begyndte at søge arbejde som rengøringsassistent og fandt gode lejlighedsvise muligheder i MissIssauga, Brampton, Oakville. Jeg var i stand til at møde mange mennesker og besøge flere steder. Det er et interessant aspekt.

I oktober 2017, Roman, besluttede du at invitere mig ud til min overraskelse. Efter mindre end en måneds venskab bad han mig om at være hans kæreste. Siden da har vi stået over for flere overførsler, nætter i mørke, søde nætter på hoteller og moteller.

Jeg har ofte optaget videoer af dig på skateboardet.

I maj 2018 boede vi sammen på et loft i Hamilton. I slutningen af juni samme år flyttede vi ind fra BXXXX, en herre fra den canadiske flåde, der tilbød os en gratis måned i sit hjem i Wasaga Beach. Han elsker hunde og katte. Det er vært for flere, før de vedtages.

Nogle gange står jeg op om natten og kigger ud fra balkonen. Jeg plejer at se en killing og hilse ham ved at sende ham kys, og han ser på mig. Forbindelsen med dyr og insekter er meget vigtig for mig, det giver mig fred og sindsro og en følelse af virkelighed, konkretitet.

En sort cricket kom ind i køkkenet for et par dage siden og lyser mine nætter med sin intense og muntre sang. Det har en forfriskende effekt på mit nervesystem.

Jeg unhandled to operationer i begyndelsen af 2002. Efterlivet varede indtil for nylig. Nu har jeg besluttet at helbrede helt. Jeg gentager, at jeg er perfekt, mine sunde organer arbejde vidunderligt, og jeg praksis enhver form for motion for at styrke, opløse spændinger og slappe af. Kroppen er et meget kraftfuldt og fleksibelt værktøj. Det tilpasser sig vores handling som ler, der skal formes.

Der er ingen anden grænse end det, vi pålægger os selv. Jeg føler mig meget ung. Det er forbløffende min energi, vitalitet og livsglæde. De er produkter af ånden, af den kærlighed, som vi projicerer i og uden for os selv.

Jeg ønsker at bo i nærheden af en kastanje skov, at være i stand til at fange kødfulde frugter fra skinnende hud af farven på min glatte og meget langt hår. Måske en strøm med krystalklart vand ville lysne mine dage. Strømmende vand har en forfriskende effekt, og er synonymt med Tao, helt. Nyder raffinerede og eksotiske fødevarer er givende, men endnu mere er den mad, der ikke spises, men nærer vores sjæl.

Åh Roman, jeg virkelig ønsker at holde dig tæt på mig, kysse din kind. Afstand styrker lidenskaben. Det er varmt her i Mottola, det føles som om det er i juni.

18:47

Og det er en smuk kølig efterårsaften efter en næsten sommerdag. Jeg kalder mig selv en evig forfatter på Facebook, fordi mellem drømme og virkelighed er jeg halvvejs der. Min fantasi er så levende. Jeg husker omkring en alder af 11, 12, spiller til at tro, at jeg var en spion og skabe en historie i mit sind og nyder det tilfreds. Nu er det mørkt.

Kapitel 3

Tirsdag den 22. oktober 2019

Hvem ved, hvordan minder er organiseret i mit sind. I dag husker jeg, da jeg
var i Milano mellem januar 2010 og marts 2013. Jeg studerede på
universitetet og delte en lejlighed med en blond pige, som var meget smuk og
studerede markedsføring. Hun kunne godt lide at lytte til høj musik med en
dejlig kollega. De var yngre end mig og meget ubekymrede. Hun havde en
meget flot toscansk kæreste, som nogle gange kom for at besøge hende. Min
kæreste kom på det tidspunkt for at se mig. Han fortalte mig, at han ønskede
at forlade mig på Valentinsdag samme år, mens vi krammede. For at sige det
mildt dårlig smag, men nu ser jeg det på en sjov måde. Set i bakspejlet ser det
ud til, at alt går godt. Jeg var nødt til at kende min sande kærlighed Roman S.
H. i Canada. Men det hus var en ekstravagant oplevelse. Jeg betalte 350 euro
om måneden. Udlejeren, en foruroligende behåret fyr, besluttede at renovere
lejligheden med os studerende inde, og det år sneede det også i Milano. Kort
sagt, det var noget rod. Blandt værkerne faldt det ødelagte tag (jeg faldt sne på
sengen), kulden, den høje musik, umuligt at koncentrere sig ordentligt. Den
eksamen jeg var ved at forberede, jeg gjorde det samme, men tog min all-time
lav 18/30. Det var elektronisk fysik, disse var kredsløb, der skal bygges, og

det var nødvendigt at analysere input og output signaler ved hjælp af et
oscilloskop forbundet til en computer.

Så skiftede jeg hus, men jeg endte et par måneder i et andet helvede med en
enlig mor, der var sygeplejerske. Hun fik et etårigt barn og var dybt ked af
det. Hun var blevet adopteret af en velhavende milaneserfamilie.

At fortælle sit liv er for mig en handling af kærlighed og accept. Når vrede og
vrede er blevet slukket, blomsten af medfølelse forbliver.

Onsdag den 23. oktober 2019 kl. 9.00

 I morges vågnede jeg tidligt, før 7. I Tibet mestre anbefaler at komme op

mellem 4 og 6, meditere og gøre yoga.

Jeg mødte min far i gangen, alle klar til den velsmagende morgenmad

tilberedt af min mor. Jeg tror på evig ungdom. Vores hjerne, sindet,

nervesystemet, kort sagt, vores operationelle-udøvende kredsløb, hvor

beslutninger træffes om os, har ingen alder. Ideen om tid flyder er netop en

idé, en instruktion af software. Bare indsæt en anden. At gøre din egen

følelsen af velvære hver dag er en mulighed, der altid er tilgængelig.

Bevæg dig frit, når fuglene flyver og synger hver dag. Vælg lykke hver dag.

Nogle fugle har en sang, så snart de hvisker, andre synes at råbe deres glæde

ved det høje.

Jeg sagde på et tidspunkt, træt af at flytte hus hver måned, jeg bad til Gud for

at finde bolig, hvor jeg følte mig elsket og respekteret (jeg sætter denne nye

instruktion i min software), og jeg fandt Ornella Forte, en vidunderlig, munter

og rolig kvinde. Og blondine med en sky af smukke krøller og en rund dukkes

visino. Hun tilbereder velsmagende frokoster og middage, elsker katte og

elsker at slappe af i sofaen foran satellit-tv'et.

Efter et par måneder der, i nærheden var der Metro Gialla Maciachini station,

også i Milano. Huset havde en lille have med smukke fyrretræer og palmer.

Jeg elskede at kramme og kysse kufferterne og udtrykke mine ønsker, hvilket punktligt opstod.

Så huset blev sat til salg, og vi var nødt til at løsne begge dele. I øvrigt i min fritid, elsker jeg at dedikere mig til broderi og syning arbejde, som i oldtiden, kvinder gjorde i rige slotte.

For at finde et nyt rum fulgte en øjeblikkelig intuition. Jeg gik ned ad gaden og ledes til den brede fortovet med blomsterbede, hvor kvinder bar deres hunde rundt og bad hver af dem om hjælp, rakte en note med mit mobilnummer. Om aftenen samme dag kontaktede jeg en tidligere fysikforsker, der lejede et værelse i sit hjem. Jeg gik med til at møde hende med det samme. Hun havde en sort kat ved navn Maddalena. I det andet rum boede sammen med hende en dejlig dreng, indskrevet på Fakultetet for Design på Polytechnic i Milano. Han var meget yngre end mig, opkaldt Marco jeg tror, han elskede at tegne og skabte fantastiske tegneserier. Hans eneste foruroligende træk var, at han nogle gange tilbragte hele timer i det fælles badeværelse!

Det følgende år var værelset ikke længere tilgængeligt, da det blev brugt til at rumme værtindens søn, der vendte tilbage fra Australien, så jeg var nødt til at flytte igen. Denne gang fandt jeg indkvartering med en smuk pige, hvis mor er af napolitansk oprindelse. Jeg kunne se, at i hans årer flød varmt blod i syd. Jeg fandt straks mig selv tryg ved hende, og i hendes hus koncentrerede jeg mig endelig så meget, at jeg på to måneder dimitterede, netop den 25. marts 2013, klasse 98/110. Jeg var meget glad.

Så prøvede jeg i 5 måneder at få mig et job. Jeg vendte Milano, Bergamo og alle de smukke og maleriske nabolandsbyer, men intet. Så jeg kom tilbage lidt trist ned fra min, træt af at jagte drømmen om en økonomisk autonomi, især af et hus af min egen. Jeg helligede mig at skrive. Jeg deltog med noveller i gratis litterære konkurrencer eller betale små administrative bidrag. Konkurrencer for konkurrencer, besluttede jeg at deltage i en konkurrence om forsker i fysik på Astronomical Observatory of Trieste og vandt. Det er overflødigt at sige, jeg elsker at flytte. Jeg føler en febrilsk spænding i at forberede min kuffert og tage et fly. Det betyder at indgå i en proces med metamorfose.

Dagbog af Brigitte Fiori

Gaderne i Trieste - Minder 2013-2014

Fra november 2013 til november 2014 boede jeg alene i Trieste. Jeg vandt et etårigt stipendium som forsker ved Det Astronomiske Observatorium i Via Tiepolo 11. Den friulske by minder lidt om Rom, da den bygges på en kuperet grund, så ved solnedgang og daggry lyser solen hytterne på en facade af en af bakkerne, hvilket skaber et vidunderligt lysspil i panoramaet.

Solnedgangen gav mig en parure af juveler til mit bryllup, lyse perler på baggrund af lyseblå fløjl, der har tendens til blå nu. Jeg gik til gården, at min far doneret til min søster med mit samtykke og min bror. Nu bor hun der med sin mand og sine to små engle. Der gik jeg uden en præcis halvdel. Klokken er 20.06. Jeg forsøger at reagere på endeløse jobtilbud til assisterende ledelse, nu beslutter jeg, at sandsynligvis ikke tilfældet at insistere på i aften, kan jeg ikke have, hvad de leder efter.

Måske er det mere produktivt at fokusere på at skrive. Udtrykke mine følelser, kunne mine mest intime tanker være af interesse for nogen i bunden.

Skrivning, skrivning, skrivning er den eneste løsning. Dette fængsel hjælper mig til at fokusere på mig selv, på min bevidsthed og forståelse af hverdagens begivenheder i lyset af mine ønsker-intensions, at jeg lancerer i den ikke-lokale verden eller Tao.

Den smukke og barske Trieste – 24. oktober kl. 08.00

Det var en af de smukkeste oplevelser i mit liv, et år som en rig en. Jeg
modtog en løn på 1680 euro om måneden, jeg havde en lille studiolejlighed,
og jeg nød venskabet mellem kolleger og en pige af bulgarsk oprindelse med
en lille chiwawa, meget flot. Hun boede alene på et vidunderligt loft, møbleret
med hvide møbler for at øge følelsen af rummelighed. Hun var tynd, atletisk
og røget.

Der var en af mine kolleger til at hjælpe mig med programmeringen jeg var
nødt til at tage sig af til at styre de astronomiske filer, og jeg husker, at vi var
på mit kontor sammen sent uden at modtage overarbejde. Vi var næsten alle
fyre, intet stabilt, kun nogle gange illusoriske håb om noget permanent.
Anyway, så var der en latterlig kollega, med hvem jeg delte kontoret i et
stykke tid. Jeg kan ikke huske hans navn. Han var meget høj og større end
mig. Han var praktiserende katolik. Han gik til messe om søndagen og havde
en kroatisk kæreste, biolog, forsker også, men mere stabil måske. De havde to
børn, og på deres mobiltelefoner skændtes de selvfølgelig på engelsk. Det
virkede virkelig unikt for mig. Nu kan jeg forstå, hvad det betyder, fordi jeg
også kommunikere på engelsk med Roman.

Min ven S. sagde engang, at hun var blevet forelsket i sin nuværende mands
fødder. Nu forstår jeg det. Jeg går også amok for min kærestes skateboarder
ben. De har stor mobilitet, de synes at leve deres eget liv. Jeg havde dem altid
foran os på værelset på Bed &Breakfast i den sidste periode, jeg tilbragte i
Canada. Fødder siger mange ting om en person, hvis man ser på dem
omhyggeligt.

Mit ophold i Trieste varede omkring et år fra november 2013 til november 2014. I december befandt jeg mig med mine venner i Puglia, igen uden et job, uden en kæreste, med sorg og rastløshed i mit hjerte. Og igen begyndte jeg forfra.

Efter en nat med tårer og inderlige bønner bemærkede jeg Romans galante kommentarer på min Facebook-profil om morgenen og blev venner med ham. Fra det øjeblik ændrede mit liv sig. Messenger, jeg lærte talt engelsk. Jeg blev venner med canadiere og amerikanere. Mit sind ændrede sig.

Efter at have forsøgt forgæves at tjene penge med lavtlønnede eller ulønnede job for ingenting, tilbød min far mig chancen for at gå til Canada for at forsøge at gøre en karriere der.

Jeg er milliardær eller milliardær. Hvordan føles det?

Fri for monetære bekymringer, kan man tillade sig at hellige sig helt til ånden, i virkeligheden kan man gøre det alligevel og under alle omstændigheder, men ønsker undertiden distrahere os eller katalysere for meget bekymring.

Under alle omstændigheder beslutter jeg at føle mig meget rig. Jeg går på gaden glad og afslappet. Jeg smiler til verden, til fremmede, jeg er lidt genert, men hvad betyder det noget, jeg er milliardær!

Bare holde denne følelse fast i dit hjerte for at se det realiseret.

Det er dybest set ny software. Det tager kun et stykke tid, og du vænner dig til det. Rejser, donationer, smykker, heste, mit slot, mine forældres hus renoveret og strålende. Mine sunde, glade og tankeløse forældre nyder livet, ligesom mine børnebørn.

Jeg tager til Canada, groom Roman, som vil være i nærheden af mig.

Langsomt organiserer vi os selv. Han formår at slippe af med benzo, det vil sige de berygtede psykotrope stoffer til angst og depression. Flyv på en skateboard pro, cool, elegant klædt, jeg film det med en japansk supercamera med min smukke gyldne rulleskøjter. Vi optager videoer om dyr, vi går rundt om i verden, og vi skriver om livets magi, om hemmeligheden skjult i bunden af sjælen, den kærlighed, der invaderer verden. Vi bor i hytter i det nordlige skove, ækvatoriale skove, nær søer og oceaner. Vi interviewer isbjørne og især kinesiske pandaer.

Vi griner af, når i Collingwood, Ontario, vi sov på træborde i vaskerummet, at være hjemløse i et par dage.

Jeg ville købe en helikopter, for at holde parkeret på terrassen i mit hus. Jeg ville købe lejligheden ovenpå, som tilhører min onkel, og afslutte den. Hele paladset ville skinne. Med helikopteren ville jeg gå til den magiske strand, som jeg hver dag overvejer fra balkonen på mit værelse. Jeg ville tage flyvepatentet og køre opmærksom på fuglene.

Selvfølgelig ville jeg købe slottet på kysten af Livorno, i Toscana. Jeg ville give de gamle møbler til velgørenhed og renovere slottet i enkel zen-stil.

Jeg ville være vært for venner.

Inde ville jeg oprette et musikrum med mikrofoner, et stort flygel, elektrisk guitar og andet materiale foreslået af Roman. Jeg danser, mens romerske skuespil og nogle gange synger. Der er broderede bomuldspuder, yogamåtter, to hængekøjer, store karnapper, hvorfra du kan se den store græsplæne nedenfor, fyldt med blomster og fyr, gran, ahorn og egetræer. Du kan se havet fra vinduerne i et af de fire tårne (vi byggede to ud over de foregående).

Tidligt om morgenen tager vi en svømmetur i havet og spiser morgenmad på sandet, hvor vi forlod rygsækkene.

Om eftermiddagen går vi ud med rulleskøjter, Roman med skateboard og filmalt. Ceremonien og forfriskningerne finder sted dels på stranden og derefter på slottet, hvor en gruppe musikere vil juble op omaftenen.

Jeg kan huske, da vi sov på de hårde og kolde borde i St. Marievaskeri, i Collingwood.   Vi sætter jakker i tørretumbleren for at varme op. Så mødte jeg en pensioneret folkeskolelærer påbiblioteket. Hun rådede mig til at bede om hjælp i Bed &Breakfast Joseph Laurence House, i Hurontario Street, som er hovedgaden i byen,derhuser rådhuset og andre vigtige offentlige kontorer. Pat hilste os varmt velkommen og imødekommer dig stadig. I lyset af Tao sker alt perfekt. Denne adskillelse vil bringe ny glæde til vores forhold. Da jeg arbejdede for C.N. , Jeg gjorde renetanter i   meget luksuriøse hytter og rige huse. Ved disse lejligheder var jeg i stand til at opleve, hvordan det er at leve som en super-rig. Jeg så deres badeværelser, skabe, dyrt tøj, par sko, bøger, de læser, klaverer, malerier, sport og fritidsudstyr. I nogle hjem har jeg opfattet kærlighed, forening og glæde; i andre en følelse af kold følelsesmæssig løsrivelse herskede. Jeg tror, at penge kun er et værktøj, det afgørende er, hvad du har i dit hjerte, ikke i din tegnebog eller i din bank. I hver af os er der det hele, Tao, Gud. Det er nok at være opmærksom på det, gentage det flere gange om dagen, meditere og takke. Hold inde i den vidunderlige følelse af opfyldte ønsker.
Jeg forestiller mig, at jeg har dig tæt på, at jeg krammer dig, at jeg kærtegne dig, at jeg kysser dig. Jeg ved, det vil ske snart. Jeg gør min egen følelsen af at tage sig af en hest, for at have en stor bankkonto, et hvidt slot med fire tårne, møbleret i rustikke sten, småsten, marmor og granit, glas og krystaller.

Jeg ser dette hus renoveret, mine forældre unge og aitanti. Din stærke, helt helede, min helt med sit skateboard og synthesizer.

Jeg er en danser, tynd, lys og smidig, en forfatter, en luftig, jeg kører med skøjter.

Jeg husker Yorkdale nær Shelter i North York. Sneen skinner som diamanter, jeg går med lukkede øjne, for den iskolde vind er det næsten en halv nat. Hvor mange gange!

I dag omkring 14:30 tog jeg en magisk tur til min sædvanlige. Mere end jogging, jeg flød et par inches fra jorden, fokuseret på min indre visioner.

Men jeg var opmærksom nok til at lægge mærke til igen tilstedeværelsen af en lille rosenbusk i forskellige nuancer af pink og en flammende rød Juliet, der tiltrak mig meget, som om det havde noget velkendt.

Fredag den 25. oktober 2019

I dag føler jeg behov for at gøre en masse fysisk aktivitet, yoga-dans, skøjteløb, skateboarding, gåture i skoven. Jeg stod ud af sengen omkring kl. Jeg spiste morgenmad med figner, kogte kastanjer, lang kaffe. Efter 30 minutters varm-stretching og meditation, skrev jeg disse linjer.
Jeg elsker mit værelse, det har været min skal i over 20 år. Det har en stor fransk dør, der åbner ud til balkonen og vender mod syd. På grund af det faktum, at jeg er på en bakke, kommer fra en sådan balkon altid ind i sollys om dagen og lyset på en lygtepæl om natten.

Søndag den 27. oktober 2019

Vi sætter en time frem her i Italien. Det slog mig, i dag, mens meditere lidt
siden, at i efteråret 2016, jeg arbejdede som en støtte derhjemme i Canada.
Det var trættende, men efter rengøring af husene følte jeg fred og velvære.
Da jeg boede i MissIsauga, arbejdede jeg et par måneder på en tekstilfabrik.
Jeg tog eftermiddagsvagten og kom hjem omkring midnat.
Nogle gange for vild, husene alle så det samme, når en engelsk politimand tog
mig hjem i bilen. Jeg råbte ofte Romans navn i mørket, ofte græder lidt.
Der var en filippinsk pige, der holdt mig vågen på bussen, så jeg ville stå af
ved det rigtige stop.

Tirsdag den 29. oktober 2019, 09:01, Daytime Dream

Jeg sidder i min hvide Ferrari Roma. Jeg stopper og lader dig køre. Vejen er bugtet, lidt skrånende. Vi går ned til dalen, vi glider ned vi forlader bilen na båd gå til søen, du, der spiller guitar, jeg, der praktiserer yoga og meditation i fugtige brise daggry. Vandfugle spiller i nærheden af os, jeg spiller en japansk fløjte.

Samme dag, 17:21

Og allerede aften. Fuglene hilste solen med lyse sange, selv to kvinder fra nabolaget blev fanget i skænderier. Så efter et par minutter med mørkets sejr aftaget rygterne. Jeg dyrkede yoga på balkonen. En kvinde fra en nærliggende balkon så mig. Min mor hviler sig efter opvasken.
Nogle gange føler jeg mig fastlåst. Hvor træt, blottet for energi. Så beslutter jeg at bevæge mig efter mine instinkter og yogavideoer på YouTube eller Instagram, og som ved magi vender energien tilbage. Det kan tage et stykke tid. Øvelse er alt. Hver dag lidt løsere, mere mester i leddene, af musklerne. Denne lille krop begynder at være opmærksom på dens magt.

Kapitel 4

30. oktober kl. 12:27, onsdag

Her til morgen vågnede jeg op med det levende minde om den drøm, jeg havde. Jeg var sammen med en hvid, grå kat, der ville til stranden. Havet var dog kun et billede malet på en væg, men det var ægte. Det vil sige, det var en levende repræsentation af det. Jeg så en stor bølge, og jeg var bekymret for katten, jeg ringede til hende for at få hende tilbage.

Drømme er kommunikation fra det ubevidste. Jeg vanvittigt ønske om at gå til havet og bor i nærheden af det. Jeg har drømt om det mange gange både her og i Canada.

31. oktober, 12:28 – 16:41

Jeg kan godt lide at bruge lidt tid på at sy, det er en form for meditation. Jeg kan godt lide følelsen af at lade nålen trænge ind i stoffet, alle snuggled op på min seng. Med silke tørklæder og bånd, modtaget som en gave, laver jeg puder, intime skjorter.

Jeg spekulerer på, hvad jeg kan gøre for andre som et job, som en service til samfundet, eller til den enkelte. Jeg håber, at denne skrivning af mine vil give trøst til nogen.

De hvide skyer i horisonten i dag havde helt unikke former.

Det er 17:04, på himlen er der en meget tynd skive af månen. Jeg savner dig så meget. Jeg tror på Tao, vil vi mødes igen snart. Alt går godt. I dag reagerede jeg på et jobtilbud som receptionist på et 4-stjernet hotel i Varese, Lombardiet.

Fugle synger for den nye dag gal af glæde.

Jeg står op hver morgen med et smil på læben. Jeg står over for dagen rolig og med en ubegrænset følelse af selvværd. Jeg er guddommelig, udlevering gratis smil til alle levende væsener.

Jeg giver donationer til børn i nød og til dyr. Jeg glemmer ikke de hjemløse og de fattige i håb om, at de en dag også bliver milliardærer.

Jeg køber et jetfly, en helikopter, en yatch, en Porche, en Ferrari.

Den beroligende himmel af bløde skyer som candyfloss får mig til at tænke på mine tynde ben sunket i komfortable sofaer.

Jeg kan straks gå til Roman i Collingwood og derefter vende tilbage til Italien for at mine sammen med ham. Vi vil samarbejde om at renovere mine forældres hus i Mottola, herunder ovenpå. Vi kan gøre det til en original bed &breakfast i japansk-Zen stil. Jeg kan helbrede mine tænder og tilbyde økonomisk hjælp til mine slægtninge og venner.

Jeg føler, at jeg er ren lys elfenbenslys. Jeg forestiller mig, at lyset er varmt og duftende med ristede kastanjer, jasmin, cedertræ og lavendel. Lys invaderer hvert hjørne af mit væsen, min krop og min sjæl. Jeg forestiller mig, at mit lys omfavner Roman, varmer ham, helbreder ham helt i dybet af hans væsen. Så lyset omfatter hver person, jeg kender, så hver person, jeg ikke kender, så hvert dyr, hver champignon, hvert insekt, hvert græsstrå, hvert træ, hele universet skinner og skinner med hvidt, rent og varmt lys.

Som en flod omfavner og renser lys alt på sin vej. Og et roligt lys, smilende som et uskyldigt barn.

Båden er der venter på mig, nær det rolige og klare vand i søen, som kan være, at Como eller Lake Maggiore, eller Lake Ontar i Canada. Det hvide slot ligger i nærheden, og jeg vil bo der med min mand.

Guds Ånd er i hver enkelt af os. Det fører os i den rigtige retning, hvilket giver os mulighed for at realisere alle vores ønsker. Lad os overlade os til tro, til vished om, at vi som Guds børn har adgang til al den overflod, vi ønsker. Og der står:" Spørg med tillid, og det vil blive givet til dig."

11. NOVEMBER 2019, 16:01

Det regner kraftigt. Der er en fugtig og kold luft derude, jeg vil gerne kramme
dig, kære Roman. Jeg vil gerne udforske skovene med dig, iført varmt tøj, så
kramme hårdt i kulden, griner, spøger, taler nonsens. Jeg vaskede og
arrangerede i deres sted flere ting i huset.

Tirsdag den 12. november 2019

I det hvide slot, er mit skab et værelse og
Det ligner det indre af en tøjbutik med alle elegante merchandise, arrangeret
pænt til farver og årstider for brug, opbevares i smukke kasser eller
omhyggeligt foldet. Skoene kombineres med dragterne.

Dette er mit nye soveværelse i det hvide slot. Roman kommer snart, og vi flytter til det største soveværelse.

Solens stråler falder vidunderligt på den store og komfortable seng til en person.

Jeg har den intension at gøre slottet en Bed & Breakfast og at gøre sine forskellige rum til rådighed for alle former for aktiviteter for trivsel i samfundet.

Kunstudstillinger, kunstneriske manifestationer af dans, teater, musik, kampsport, selvfølgelig yoga, meditation osv.

Mirakler sker altid og konstant. Jeg satte i syne en 5 euro note og tilføjede 12 nuller på en hvid folder.

Nu har jeg gjort det til en vane at vise hver gang jeg ser sedlen, mig nyder de penge, der kommer til mig fra Gud, fra Helligånden, der gennemsyrer ethvert væsen og alt, hvad der eksisterer.

Selvfølgelig inkluderer jeg i visualiseringen alt, hvad der kommer til at tænke på, hver person, jeg tænker på, og jeg inore det med hvidt lys og kærlighed.

Roman og jeg elsker bøger, og hver dag bruger vi fritid på sofaen eller sengen læse romaner eller andre bøger, med jazz baggrundsmusik, eller naturafslapning eller vintage. Nogle gange spiller han klaver, og jeg danzo, og vi film videoer til YouTube.

LIONARD
EXCLUSIVE REAL ESTATE

LIONARD
EXCLUSIVE REAL ESTATE

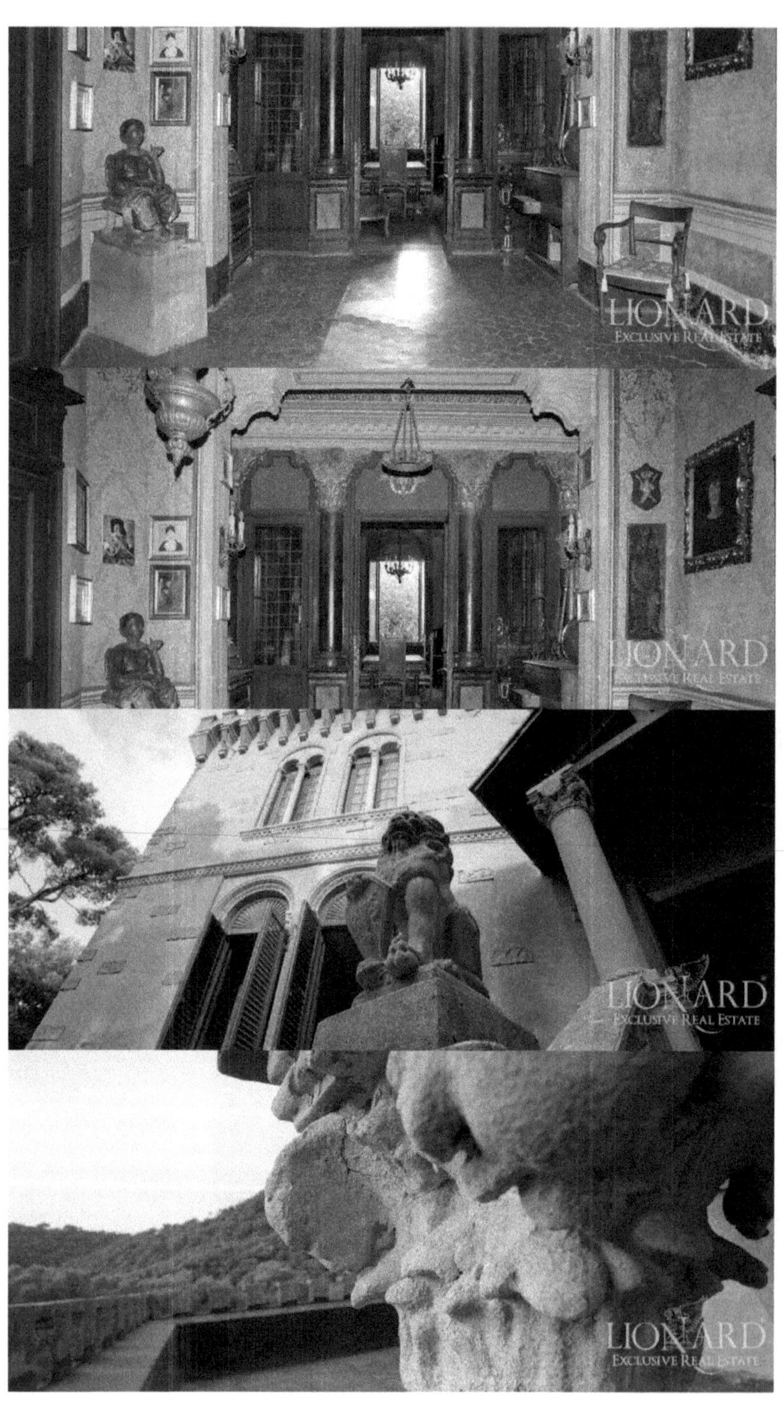

Collingwood

Collingwood

Jeg lytter til bølgernes brøl på sandet.

Lytte. Jeg lytter til, hvadpræsidentenvil sige til mig.

Jeg slukker lyset, jeg gør stilhed, jeg tier stille, jeg bliver fred, danzo.

Min taler i køkkenet. Jeg er qui nhendes værelse skriver omvidunderlige ting.

Jeg bliver mindet om, hvadjeg var en lillepige, jeg kunne godt lide at danse rundt om spisebordet.

Det regner kraftigt med lyn og torden. Jeg elsker tordenvejr. Klokken er nu 16.51.

Jeg spurgte universet skrigende i mit sind, hvad jeg skal gøre for at opbygge
et liv i kærlighed, glæde, lykke, rigdom med roman og jeg hørte svaret skrive.
Så jeg kom her.

19/11/2019

I dag har jeg startede dagen omkring 05:00, med en regn dans tilpasset kærlighed, overflod, rigdom, til at modtage fra universet de svar, jeg leder efter. Jeg råbte og vil få hjælp snart.

Collingwood

December 2019, 17:25

Jeg elsker en bestemt type fugle, hvis vers får os til at tænke på grubetæring af dagen, der begynder, udfoldelsen af nye energier i mig for den nyfødte dag.

Mandag den 2. december 2019

En dyster morgen blandede skyerne himlen i den måned, hvor jeg emissede det første råb. Nu taler jeg med lav stemme, ofte whisbing. Ægte styrke kommer fra den indre ånd, den er sød, stolt, den har ikke brug for vold, den behøver ikke skrig.
Og vilje til at gøre lige hvad der er muligt, det vil sige vores bedste under alle omstændigheder, resten vil komme af sig selv.

15:41

Jeg spiste en suppe af dyrkede arugula, friske sorte oliven, flødebønner, en langstrakt rødgrøn peber, frisk olivenolie, tre støbeskeer med vand fra hanen og to laurbærblade, alle kogte i et par minutter over medium varme med låg, lige nok tid til at vaske op og retter, der tidligere blev brugt!

13/12/2019, 09:56

I et telt, under den nøgne himmel, flyder livet anderledes. Elementerne med deres styrke gør dig opmærksom, dyr fortæller mig om stolthed og dristighed, mænd, fanger i deres sterile byer af metal, beton og plast, betragter dig som en udlænding og ender med at glemme dig.

Også jeg engang boede i en by, ja jeg har ændret mange. Jeg tilhører Cree stammen. De kaldte mig Starlight, fordi du ved, da jeg var meget lille jeg elsker at se på stjernerne deroppe i den nøgne himmel, uden skyskrabere eller kunstige lys af gadelamper eller butiksskilte.

Her kan du høre de indfødtes Store Ånd tale i sjælen.

12-15-19, 10:18

Det fungerer som et kommunikationsnetværk uden giftige elektromagnetiske bølger. Vibrationer frembringes af åndens bevægelser og husker andre ånder i resonans.

Nogle gange føler jeg lyst til at gå til kysten, nær havets bølger, så kalder jeg telepatisk en stor fugl, der forbinder til dens ånd. Og det er som at tage flyet.

Første gang jeg følte en stærk følelse, så vænnede jeg mig til det.

Jeg kalder ham Jonny, han kommer, han ligger tæt, han får mig til at klatre mellem hans store mørkegrå vinger, som er bløde som gummi.

Det tager meget lidt at komme dertil, det er bedre end nogen bus eller taxa.

Min søde romer,

Jeg ønsker at leve på denne måde, klamrer sig til ånden, til hvad der virkelig

eksisterer for evigt. Sjælen svæver under flyvningen,

når det går i forbindelse med det hele, med Tao, med Gud.

En ekstatisk lethed, kuldegysninger langs ryggen,

afslappet koncentration, uendelig kærlighed.

Vi forlod, backpacking, med gardiner til at samle, et par fødevareforsyninger og nogle køkkenredskaber.

Fandt et ret stort tomt rum mellem fyrretræer og grantræer. Det er stadig tidligt, luften er fugtig, vi trak to telte op, et til mad og brænde og det andet til at sove under stjernerne. Det er et eksperiment, en indre rejse ind i vores dybder, i kontakt med uforurenet natur.

Vi har mobiltelefoner med os, men vi bruger dem kun til at verificere effektiviteten af telepatisk kommunikation.

For Roman er det en genforbindelse til hans mormors indfødte cree-kultur.

For mig er det en rute i mysteriet i og uden for mig, på jagt efter de kritiske punkter i min sjæl, af mørket, hvor alt er født, alt udvikler sig, før afsløre sig selv i omverdenen.

Roman vil stå over for sin frygt og afhængighed, på udkig efter ædelstene, kernerne af visdom, i den indviklede virkelighed af hans følsomhed.

Kapitel 5

18:08, 18/12/2019

Lange vandreture fra daggry til skumring hånd i hånd eller i indisk række. Roman og jeg har sikkert rejst mange kilometer til fods, blaffe. Nogle gange fortsatte vi i mørket, intet lys på vejen. Det kom af gråd, angst voksede. Så ledte vi efter Gud, vi praktiserede fuldstændig nedlæggelse. Roman udtrykte sin tillid ved at synge på sproget, det vil sige med ord, der ikke tilhørte noget officielt sprog. Jeg efterlignede ham. Så Gud har altid taget sig af os. Hver gang nogen hjalp os.

En nat ville vi gå tilbage til indkvartering, blaffe, gå baglæns. En kvinde, der arbejdede i en konditori, stoppede og tilbød os en tur og nogle slik. Andre gange tilbød de os vand, psykologisk komfort, desværre cigaretter til romersk, mad og venskab.

Vi havde smukke oplevelser. Vi har lært, at i udfordringer, det vil sige, når vi befinder os i uforudsete situationer, der kan virke mere eller mindre desperate eller uden nem løsning, er den bedste ting at gøre at slappe af. Det kan synes fjollet, men det er nyttigt at opretholde en legende holdning af kærlighed og tillid til livet og i universet. Ved at åbne dit hjerte for løsningen viser det sig for dig. Utænkelig hjælp kommer altid, og det siger jeg altid.

Derfor er det bedre ikke at tvinge, at føle ens tilstand som noget flygtigt, at arbejde med tillid på løsningen, løsrive sig fra resultatet, synge som Roman gør. Så mange gange havde Roman brug for penge til cigaretter eller øl.

Dengang ville han gå synge og spille ukulele på gaden. Jeg har ofte ledsaget ham og nogle gange tog ham op med min mobiltelefon. Til tiden lykkedes det ham at skaffe penge nok. Folk det meste af tiden smilede morede og udvekslede et par ord med os.

Det er vigtigt at lytte til ens indre stemme.

Vær stille og forkæl dig selv fra 15 minutter til en times meditation.

Måske et par minutter, så snart du vågner op og derefter efter træning eller træning af yoga, kampsport, fitness.

Denne praksis hjælper med at stabilisere humør, opløse spændinger og udvikle mindfulness, på engelsk mindfulness.

Frem for alt kan du bryde spillet af ego snak og lære at lytte til os selv, fuld af kærlighed og taknemmelighed.

Det er en ægte magi. Du har et skift i din følelsesmæssige tilstand. Prøv det at tro det.

Bevidstheden spreder, at velvære betyder respekt for sig selv, for miljøet, for dyr, for alt, hvad der omgiver os. Her er det let at se forbindelsen med begrebet Tao, allestedsnærværende og alvidende.

Også indlysende er den smukke opfattelse af hellighed enkle, trivielle begivenheder i hverdagen, kære til Zen kultur.

Øve Tai chi nær træer, en eng, fugle, vandløb, bølger af havet forbinder os med vores dybe essens, med den sandhed, der ligger i os. Ideer rydde op, følelser er velkomne, omfavnede og give slip uden tilknytning, med medfølelse og kærlighed til sig selv, og dermed for andre væsener.

Den anden antager den samme værdi som sig selv. Han antager den samme holdning af kærlighed til alt og alle. Og du får indre fred.

Som i træets yogaposition er stabilitet ikke immobilitet eller stasis. Der er altid en let bevægelse, som afspejler vitaliteten og dynamikken i åndedrættet.

At have følelsen af, at kroppen ændrer sig, bliver mere elastisk og fleksibel, føler aflange muskler og stærke led,

Det er noget vidunderligt.

Kroppen er så udbyttende, at den let erhverver alle de vaner, vi giver den. Han giver sig til kende, vi lytter til hans dyrebare budskaber.

Når han spørger os: "Stå op fra denne stol, stræk, løb, hop, råb, glæd dig, det er solrigt udenfor, indånde ren luft!"

Liget er en dyrebar skattekiste.

det er en hellig kuvert, besidder en instinktiv og medfødt visdom.

Det er mere forbundet med Tao, til Gud, end til sindet, ofte domineret og slidt op af ubrugelige eftertanke og tvivl.

Derfor anser jeg det for yderst vigtigt at passende alternativ fysisk aktivitet, der giver os mulighed for at komme ind i vores personlige magiske zone ved hjælp af meditation og bevidst vejrtrækning, som slapper af krop og sind.

Mandag den 25.7.2021 – Psykiateren

Bygningen var lav, vagt af russisk og arabisk stil, med blå og gyldne spidse
spir, for resten var ydervæggene dækket af hvid kalk. En gylden og oval plak,
fastgjort til den sorte jernport med indviklede spiralformer, indikerede Dr.
Jack Reyman. Jeg havde stadig været at undersøge rækværk og græsplænen
klippet med stor omhu for ikke mere end et par dage, da jeg hørte en nervøs
knurren og to sorte mastiffer nærmer sig. Tryk på knappen på
samtaleanlægget med kameraet placeret i nærheden af nummerpladen, en
Mars lyd forud for en metallisk stemme:
- Vent et minut opkald af hundene.
Jeg ventede tålmodigt. Så kom en magiordomo for at møde mig og gøre min
vej førte mig gennem græsplænen og en palmelund, blandt store potter af
sukkulenter, i en gårdsplads med et bord sæt til en rig morgenmad under
arkaderne i slottet -villa, hjemsted for den læge, med hvem jeg havde sat en
aftale, for 10:15. Det blev bare taget den nøjagtige tid på skærmen af mit
armbåndsur.
- Lægen beder hende om at drage fordel af ventetiden på at køle af, bordet
  er lagt ud for alle, der kommer for at besøge lægen, og badeværelset er til
  højre under verandaerne.
Hver af os har et billede af, hvordan han gerne vil være: høj, tynd figur,
perfekte former, adræt, næsten flydende på jorden. Nå, jeg var virkelig stolt
af, hvad jeg havde opnået i disse år med konstant motion og sund kost. Jeg
fornemmede lys og elegant.
Han modtog mig, næsten øjeblikkeligt.

Dr. Reynman var af nord Caroline oprindelse. Ikke særlig høj, tynd, hvad der forførte ham var hans rolige koncentration, hans gennemtrængende og ekstraordinært vitale skifer grå øjne. Alt i ham betød kontrol og selvværd. Han havde et gråt, fint og spidst skæg, som ville siges at være en reinkarnation af Freud i udlandet.

- Så vidt hun forklarede mig, Miss Brigg, hendes kæreste lider af agorafobi, lejlighedsvis panikanfald især når de udsættes for stress og tager benzoderivativer under recept, Zoloft til at sove, og nogle antidepressiva, at afbalancere effekten af angstdæmpende midler. Et interessant billede, kære hertuginde! En sag, der skal undersøges, hvis du vil gøre mig den ære at være vært for hende for et kort ophold på denne vidunderlige ø. Det er absolut nødvendigt for mig at kende alle detaljer for at stille en diagnose, der kan betragtes som sådan i sig selv.
Det ville være tilrådeligt for hans elskede romerske at slutte sig til os så hurtigt som muligt.
- Jeg ved ikke, hvordan jeg skal afslå din invitation. Jeg er smigret over hans interesse. Vid, at jeg vil dedikere et kapitel eller mere i min erindringsbog til dig.
- Som han vil. Respekter dog de involverede personers privatliv.
- Det tvivler du ikke på.
- Min magiordomo Jonathan vil vise hende sit værelse. Jeg anbefaler dig at nyde opholdet. Vi ses snart, miss Brigg.
Da han talte, han vinkede en ledning hængende i nærheden af hans guld-indrammet graduering papir. Han gjorde en gestus af hilsen med sin chef og

vendte hurtigt tilbage for at fokusere på den tekst, han undersøgte

sandsynligvis før vores møde.

Brigitte's dagbøger:

Tirsdag 26/07/2021 - Første psykiatriske **session**

Denene ppuntamento var blevet fastsat til 20:30.

Tusmørke blev eller nikkede af flagermus, der flagrede som store natlige sommerfugle til gengæld for castelleller, hvor jeg besætter kammeret i tårnet med en cirkulær base ihøjre fløj afbygningen.

Søneller gik ned til stueetagen i god tid, omkring otte klokken. Jeg tog en 20-minutters gåtur i parken og kom derefter tilbage, med butleren annoncere det. Efter en kort kognitiv dialog forklarede dr. Reymann mig klart de væsentlige punkter i hans terapeutiske metode:

- Pointen er, min kære Brigitte, at vi alle har en mørk del, der er som et lager,fuldaf holdninger,som er udstyret med sin egen sjæl. En servostyring, en autopilot, der præsiderer over de effektive mentale processer med henblik på vores adfærd og vores beslutninger.
  Mere end 90% af vores handlinger afgøres her.
  Det faktum, at en person har en god mental og følelsesmæssig balance, er resultatet af mange faktorer, der samarbejder på en positiv måde for ikke at generere symptomer på lidelse eller ubehag. Men ingen kan siges at være sikker, jeg ønsker ikke at skr256mme dig, Miss Brigg. Jeg vil bare fremhæve muligheden for at tage sig af det følelsesmæssige aspekt. Kort sagt, at være opmærksom på vores følelser er nøglen til vores velbefindende.

Det andet punkt at overveje er, at hver enkelt af os har et personligt og subjektivt billede afos selv. Dette billede er det mentale fotografi af vores væsen, som vi har dannet over tid, dels baseret på den feedback, som andre giver på os, og dels takket være det, vi har forstået om os selv. Men disse overbevisninger kan bevidst ændres, da de ikke har noget urokkeligt fundament og gives simpelthen ved gentagne tanker, indtil de krystalliserer. Der er forskellige metoder til at redigere dette indre fotografi.

Det er her den terapi, jeg har udviklet gennem årene af kliniske studier til dato kommer i spil. Og det er hensigten at fortsætte med at foretage forbedringer.

- Interessant læge, meget interessant. Fortsæt.

- Cara Brigitte, det er nok i virkeligheden at en eller anden måde omarbejde dette virtuelle billede til at helbrede eller rettere lade traumer og sår helbrede.

Qui kommer i spil vores mest kraftfulde våben: fantasi. Faktisk ser det ud til, at vores ubevidste sind ikke skelner mellem begivenheder, der faktisk fandt sted, og kun forestillede fakta.

Så hvis vi har noget i tankerne, har denne tanke eller dette billede en effekt på os, om det virkelig skete, eller om det er resultatet af ren mental fiktion. Så hvis vi for eksempel har en opfattelse af os selv som generte mennesker, vil vi være mere tilbøjelige til at opføre os på en uvenlig og akavet måde med andre, og andre mennesker vil give os tilbage med deres adfærd, dette billede af os. Hvis vi i stedet begynder at forestille os selv som solrige, dristige og afslappede mennesker, ville vi blive ført til at udvikle denne holdning i det virkelige liv. Jeg vil kede dig med biografiskedata.   Maxwell Maltz var en amerikansk plastikkirurg, der

levede i det sidste århundrede (1899 - 1975), og som skylder sin

berømmelse til bestseller *Psychocibernetics*, tekst udgivet af ham i 1960.

Dimitterede i 1923 fra den prestigefyldte skole for medicin og kirurgi ved

Columbia University,Arbejdede Dr. Maltz i lang tid som plastikkirurg i

New York, berigende hans dybe viden om kirurgi med en lige så dyb

viden om det menneskelige sind og dets mekanismer. Som dr. Maltz,

mange af hans patienter, mere end kirurgi på deres krop, havde brug for

kirurgi på deres *sjæl*.   Kybernetik er den videnskab, der studerer

fænomenerne *selvregulering* og kommunikation, både i naturlige

organismer og i kunstige systemer. Udtrykket *kybernetik* blev opfundet i

1947 af den amerikanske matematiker *Norbert Wiener*, der stammer det

fra de græske *Kybernetes*, som kan oversættes med udtrykket: rorgænger,

pilot. I Maltz's bog anvendes kybernetik til psykologi; deraf udtrykket

psicocibernetica. Ifølge forfatteren har naturen faktisk udstyret os med en

*servomekanisme,*vores ubevidste del, som, hvis den bruges korrekt, giver

os mulighed for at nå ethvert mål, ligesom et automatisk Missilistico-

system er i stand til at rammeet mål. Forfatterens sande intuition vedrører

netop billedet af *egoet,*som jeg allerede har talt med hende om. Efter

denne lange, men nødvendige parentes, kommer vi tilhans sag. Hvad førte

dig til mig, Miss Brigg?

Kapitel 6

Fra Brigitte Fioris dagbøger

Tirsdag den 10.7.2021, Villa dei Cedri

I dag føler jeg, at Mozart følte det, da han skabte sine symfonier. I ekstase ved synet af rosenknopper, af de fremrykkende daggry, og af spurve kvidrende med forskellige intonationer afhængigt af deres følelser. Magpierne vrænger, duerne coo, mens svalerne fløjter under flyvning og taler vandigt, når de stopper på det elektriske kabel. Flagermus med deres vandt bevægelser ligner store møl, der trækker skøre flyvninger.

Jeg elsker dette slot lige på det højeste punkt i Cedar Hill. Du kan nyde den storslåede udsigt over dalen, de firkantede marker, landsbyerne på kysten, der lyser op om aftenen.

Denne eftermiddag gik jeg gennem de majestætiske træer i slotsparken og troede, at jeg var tre lange år i Canada. Jeg boede i tre eller fire Shelters, i kontakt med outors, de afviste, de fattigste og ofte aggressive og skøre. Det var sjovt, nogle gange var jeg bange, jeg var deprimeret og græd, men jeg mistede aldrig visheden om, at jeg en dag ville gifte mig med Roman.

Han er min helt, min Arsène Lupin. Afvist af sin mor ved fødslen, modtog
han kærlighed og omsorg for sine morforældre. Han klatrede på skråningen af
alkoholisme, vie sig til skateboarding, musik, yoga og læsning og skrivning.
Han behandler sine panikanfald med antidepressiva og angstdæmpende
midler. Hvor mange gange, selv om han i kort tid er faldet i sjælens mørke,
har han følt sig som en fiasko, og så mange gange er han dukket op stærkere,
mere klarsynet, mere opmærksom på det.

Dagbog af Daphne Menares

14/07/ 2021

Brigitte lyttede til en udvidet version af Debussys Clair de Lune, efterfulgt af andre stykker af samme komponist.

- Jeg vil have det godt, jeg vil være lykkelig. - Se ntivohvisken.

Han forventede førstepræmien af SuperEnalotto og så videre. Hendes kæreste ringede til hende for at fortælle hende, at *jeg elsker dig.* En stor monark af sort og orange fløjl var kommet for at fodre på nektar af de lyserøde blomster, der blomstrede på hendes balkon, som hun gav direkte til stranden. Skvulpen afskylles skylles fra solen ogopdateres af bølgerne.

Den morgen var hun steget tidligt. Klokken var kun fire, da han havde følt, at det hastede med at forlade sengen med fire plakater. Hun følte sig glad uden nogen specifik grund. *Hvordan kan nogen ikke vælge at være lykkelig hele tiden? Jeg tror på øjeblikkelig manifestation.*

Et billede af et slot som en desktop baggrund var dukket op på hans bærbare skærm. *Det vil helt sikkert blive en succes, kan jeg mærke det, kan jeg føle eufori, sjov og succes.*

Jordan vandede haven. Brigitte dansede nu til barokmusik, hun elskede at skifte skrivning, dans og meditation hele dagen.

Efter en halv times dans til Mozarts hurtige noter, sad hun i sin favorit træ gyngestol nær vinduet i hendes atelier, varmt sollys fyldte rummet. Hun var fuld af glæde og tilfredshed.

Hans sind efter et par minutter føltes rolig og rolig. Søde tanker blomstrede i hans sind som sarte vilde blomster, der producerer vibrationer så kraftige som havbølger. Efter 7 p.m., tog han ikke mere fast mad.

Duften af stearin den juliaften 2021 spredte sig i slottet uden for en munter regn velsignede de nye skud og blomsterknopper. Jordan og jeg lavede strengt veganske desserter og supper efter Brigittes ønsker.

"Juveler, juveler" gentog damen med lav stemme og krydsede spisestuen i dansetrin med spring og pirouetter.

Brigg elskede den luksus, følelsen af komfort i enhver aktivitet, der udføres, følelsen af selvtillid og i universet. Han elskede de mest usædvanlige og originale oplevelser. Hun bad mig ofte om at ledsage hende, da hendes romerske blev behandlet på et psykiatrisk hospital. Hun ønskede at behandle sin mand selv, og derfor besluttede hun i juli 2021 at hellige sig psykiatrien, da hun havde et solidt videnskabeligt grundlag for fysikstudier. Han konsulterede en berømt læge i psyken, der boede i en elegant villa på øen Capri og var kendt for sine avancerede plejemetoder.

Manifestation af et slot

Dagbog af Miss Daphne Menares

15/07/2021

Brigitte mente, at milliardæren er en person, der tror enormt på sine drømme og intime ønsker. Han kender kraften i sin pensiero.

Du begynder at lægge mærke til, at de ting, du overvejede let flyder let ind i din oplevelse, fordi du er i følelsen af luce. Jegn mangel på indsats eller modstand, spil til livet, smager en sky af sukker, træder på dine fødder i vandpytten efter regnen, lyt til opkaldet fra duen, der slutter, når ledsageren ankommer. Lethedens bevægelse er det modsatte af indsatsen.

En dag tænkte Brigitte:

"Jeg vil gerne manifestere et stort luksuriøst og hyggeligt slot, cblokeret alle i hvid marmor som D,enormeflerfarvede broderede fløjl gardiner, et stort klaver for min smukke blond mand. Det skal have 14 skov ectari og græs og blomster hele vejen rundt, sted for hest strukturer, mange gamle kunstværker til glæde for øjet. En dam er meget passende, med mange åkander, ænder og gæs. "

- Det er jordansk!

- Ja, frue.

- Vil du hæve vandtemperaturen i den indendørs pool, tak, og tænde lys der? Jeg vil gerne svømme i en halv time, før morgenmaden i dag. Du kan også svømme som sædvanligt.

- Hvordan bestiller du?

Slottet stod i al sin pragt på et forbjerg ved Østersøen. Mange gamle historier og legender om havfruer og nymfer, født der, blev fortalt til børn på det tidspunkt for at få dem til at falde i søvn eller lade dem komme ind på kolde vinternætter.

Fru Brigitte var meget glad for alle eventyr og bad ofte den flittige Jordan om at komme ind i hende ved at læse dem. Det havde en komplet samling af gamle manuskripter, der stammer fra middelalderen, etablerede Brothers Grimm og andre store forfattere. Hun var stolt af sin samling og sin barnlige smag, da hun ville være en velhavende samler af de mest dyrebare malerier eller skulpturer. Hun havde selv læst manuskripterne mange gange, men nød ikke desto mindre at lytte til dem med en anden stemme.

Hvad angår det politiske spørgsmål, var det overvejende anarkistisk parti, i det mindste i hans skøre fantasi, da der endnu ikke var et anarkistisk parti. Men han lod som om, at der var en, og at han var en af hans mest fanatiske tilhængere.

Brigitte havde deltaget i balletundervisning i sin ungdom. Han viste en uforståelig alder mellem 20 og 30. Hun var holdt op med at tælle dem. Han fandt det meget kedeligt. Han foretrak at nyde livet øjeblik for øjeblik.

Han skrev hver dag om eftermiddagen, drak en mørk kaffe med kun en teskefuld honning og lyttede til klassikere som Bethoven, Bach og Mozart.

Hun bar sit hår langt til ud over hendes tors og farvet det med henna, da hun ville. De var af en lys rød-orange.

For nylig var Brigg netop færdig med at læse Horace Walpoles The Castle of Otranto. *Ånderne taler i vinden, i de udkast, der gør dørene åbne* vibrere - han ofte troede.

Hun skete ofte, da hun var barn for at fare vild i sine tanker og fantaserede om et behageligt liv et eller andet sted i den grænseløse verden. At leve som i en roman af kærlighed og eventyr, som i en elegant film med en lykkelig slutning, smuk fra start til. Det var naturligt for hende at forestille sig et andet liv, hvor hun følte sig mindre genert, mere charmerende og vinde.

Hun førte en hemmelig dagbog, som hun havde købt sig med 14.000 lire.

Hendes efternavn kategoriserede hende som anderledes i den lille apuliske landsby. Hans blonde far med øjnene af en iskold blå, var af indlysende britisk oprindelse og havde mødt Brigitte mor, ved hans ankomst til Taranto station tilbage i 1974, på en dyster november dag.

Hun arbejdede på havnebilletkontoret for at forsørge sig selv. Den fugtige og grå morgen, de store måger skrigende flagrende på den melankolske strand, hvor mange lystbåde og både tomme som kadavere af forhistoriske hvaler, svingede lidt bevæget af bølgerne.

Marilù havde forladt sit kontor kl. 10 og nød en kop varm kaffe og lod sine drømmende grønne øjne gå tabt i horisonten af himmelsk skifer.

Den dag havde hun stået op og havde ikke gjort det sædvanlige morgen løb før morgenmaden, så jeg drage fordel af de tyve minutters pause, til at køre på stedet og gøre lunges, push-ups og dybe indåndinger.

Stranden var øde. De få rejsende spiste morgenmad ved de indre borde i gambero rosso og baren på stationen, begge oplivet af frodige ficuses med gigantiske webbed blade.

Marilù elskede blomster, skrivning og dans, med nederdele, typisk for 70'erne. Hun gik altid rundt alene, i sin fritid, tog den første bus eller tog, som inspirerede hende og udforskede omgivelserne. Han skubbede sig selv til nye steder, provinslandsbyer næsten altid pakket ind i en intim ro, varm og indbydende. Simpelt liv, landligt og omgivet af det grønne af marker og skove af fyrretræer og grantræer. Pladserne blev levende sidst på eftermiddagen, da de vendte tilbage fra arbejde på landet eller i byen eller på søndage og helligdage.

Hvis han kunne, vovede Marilù sig gennem landevejene duftende med vild vegetation og kunne beundre ruiner og slotte eller villaer i tato af total nedlæggelse. I sådanne ruiner fandt flokke af duer, der cooed højt, tilflugt.

Da det var for koldt til at udforske esternverdenen, boede Marilù i sin atelierlejlighed ved havnefronten, læste romaner eller skrev historier om ekstravagante og eventyrlystne kvinder. Så drak han en aromatisk varm te, lavet med lavendel blomster og hyldebær, ser ud af glasset af den eneste store franske dør, der fik adgang til verandaen.

Tingene måtte ændre sig hurtigere end Marilù forventede. Hun var i sin fjerde måned af graviditeten, og heldigvis, at fast job på ATM skranken havde været en meget rettidig gave fra himlen.

Han elskede slotte og fantaserede om, at han en dag ville bebo en i Provence, omgivet af mange hektar jord, med en grøn eng, der ned til kysten. Han forestillede sig den muntre sang af måger og andre fugle i de tidlige morgentimer, kører på sandet, meditationer og yoga øvelser i sol og regn.

Kapitel 7

16. juli 2021 - Miss **Dafne Menàres Dagbog**

Brigitte Fiori var ængstelig og forelsket. Hertugen roman af Bucanville, havde givet hende en aftale for otte klokken. Spurve kvidrede fejrer uventet varm maj sol. Havet skinnede Han elskede at køre sin Ferrari Roma hvid. Den rige pige var meget følsom og delikat. Han tog sig af insekter, dyr, planter og mennesker i nød. Roman gav hende ofte kærlige kys på panden, på hendes kinder så glat som silke, da han så hende lukke øjnene i meditation.

Den aften i slutningen af maj, ved solnedgang, tænkte Brigitte intenst over, da hun rørte ved og kyssede Romans hånd. De lyse lys i husene, gaderne, gadelamperne i det fjerne lignede dyrebare juveler båret af aftenens gudinde. Han ville ordne den skønhed, at spise af den for evigt.

Hun følte sig invaderet med fred, kærlighed, delikatesse, lethed. Roman ville snart komme til at tage hende i kødet. Hvor smuk var hans stemme i telefonen, varm, klangfuld, venlig. Stilhed slapper mig af og nærer min ånd, her i det magiske syd for Italien, med det stærke ønske om snart at vende tilbage til Canada, hvor min kærlighed venter mig. Han ligner en nordisk konge, blond med skifer øjne, dyb og drømmende. Da vi var sammen, delte vi næsten alt, hver mad, hver oplevelse.

Brev fra Miss Brigitte Fiori til Roman Hunter

Fredag den 6. december 2019, 16:58, Villa dei Cedri, Puglia, Syditalien

Kære Roman,

duften af fyrretræer og grantræer er for mig følelsen af hjem, sikkerhed, intimitet. Vi var i et lille telt, lånt af dine forældre. Det var ret koldt udenfor, men inde i det lille husly, under høje træer, var du komfortabelt.

Vi havde to bukser på hver, den ene oven på den anden.

Nu ser jeg ud af vinduet på mit værelse: dråber tåge på balkongulvet skinner som diamanter, jeg går ud. Med min skulder hviler på den hvide væg, tænker jeg tilbage på, da jeg vendte tilbage om natten til husly i North York (Toronto, Canada), efter at have tilbragt dagen med dig, i Toronto eller Mississauga, med skateboards, ukrudt, rygsæk, og mobiltelefon til at underskrive dine stunts eller tricks. Klokken var næsten altid 12 om natten. Sneen dækkede gaderne som et blødt tæppe af diamanter, der skinnede under lyset af gadelamper eller billygter, få. Jeg følte ikke iskold. Jeg kiggede lige på diamanterne foran mig, øjnene ned. Jeg løb eller gik hurtigt, jeg åndede, jeg følte min varme i frosten fra den canadiske nat. Jeg har ofte tænkt på dig, hvor meget jeg elskede dig, og jeg elsker dig, glad. Min søvn gik gennem adrenalin af fysisk anstrengelse.

Nogle gange skete der mærkelige ting i huslyet, aggressive, giftige mennesker, thiesser, syge mennesker i krop og ånd. Andre gange ville jeg finde venlige og gode mennesker, der viste medfølelse og hjalp hinanden.

Luften udenfor er iskold. Der er store klynger af beskidt sne langs vejene på steder. Et par grader, vind, sorte skyer, let fugtighed. Spænding ved den bitre lugt af brændt træ i ovne, der minder om fred, arbejde, tilfredshed, hygge. Jeg husker at gå i den kolde is i Brampton, alle husene havde farvede lys, fast eller intermitterende, selv om det ikke var i nærheden af julen. Og der var statuer af gudinder, nymfer, dyr, nisser, nisser, Buddhaer. Lugt af græs, lugt af vaskesæbe og blødgøringsmiddel. Jeg gik ofte på gaden alene, tænker på dig, Roman, der ejer et hus, er sammen i et hyggeligt hus eller et lille slot, alt sammen for os. Måske i en fyrreskov, hvor vi kan sætte et telt op og vågne op om morgenen og kramme, som da dine forældre lånte os et. I Collingwood, da vi flyttede ind i huset på gaden ved indgangen til byen, husker jeg det regner og sner ofte, især om aftenen og natten. Og nogle gange du, Roman, havde brug for at gå til byen, og jeg ønskede at komme med dig og gå hånd i hånd, eller i en indisk linje, braying kulden og vinden til fods i mørke. Jeg stoler fuldt og sammen på dig, min elskede, husk det.

Med din for evigt,

Brigg

Dagbøger af Mr. Roman Hunter

20. januar 2022, Første fastgjort med Dr. Heynman

I dag, 20. januar 2022, ledsagede min elskede Brigg mig af Dr. Reynman. Jeg var ikke overbevist om, at jeg kunne stole på en mand i en sådan grad, at jeg fortalte ham min historie på det første møde. Hans atelier var meget behageligt, jeg tror, at ingen kan føle sig trist på det kontor. På trods af ædrueligheden i den moderne 70'er-stil, med krystaller, glas og keramik, blanke grønne, røde, sorte glasurer, essentielle linjer og psykedeliske geometriske designs, følte du dig helt tryg. En lys rød lænestol blev strategisk placeret ved siden af en gul sofa, der fungerede som en barneseng, hvisdet var nødvendigt.

Lægen havde modtaget sin doktorgrad i psykiatri fra Universitetet i Wien og var fan af Freud og psykoanalyse. Efter hans mening varhan selv en oversøisk inkarnation af den store mester. Faktisk producerede det skarpe ansigt eller de runde guldbriller, det velplejede skæg,   udseendet tilbunden ogspørgende, zughette mellem de såpracciglia for at angive indsatsen   eller forståelsen en ekstraordinær effekt.

Jeg spurgte ham, om han kunne udsætte mig foren session af hypnose, for at udforske   min ubevidste, da de tidligere læger havde forklaret mig, at mineubehag psykologerco stammede fra ikke at have omarbejdet usædvanlige barndom oplevelser, der indpakket dem i afsky og frygt . Han talte meget sagte til mig.

Jeg havde fundet flere gange, at jeg havde alvorlige vanskeligheder med at stole på mandligelæger, men med Jack kunne jeg nemt føle mig godt tilpas.

Så jeg var   bekræftende, og vi lavede regelmæssige aftaler, en om ugen. Han ordineret mediumtil intens motionhver dag ved daggry og skumring. Han har også oprettet en plan for at befri mig fra psykofarmaka, som Brigittog kalder min hemmelige elskerinde.

Jeg har gjort det klart for ham, at jeg i øjeblikket ikke har til hensigt at holde op med at tage Benzo,som er min støddæmper, der bærer for hverdagen. Jeg er bange for et sådant skridt. Jeg frygter tilbagetrækning kriser, svimmelhed og tremrillating om morgenen, så snart jeg vågner op.

Jeg er klar over deres farlige virkninger på mit nervesystem og min geniale hjerne, som min kære Brigg aldrig undlader at rose. Jeg vil nok prøve en dag at stoppe, men hvornår præcis jeg ikke kender. Jeg er klar over, at jeg ikke vil være i stand til at gifte sig med min kæreste, hvis jeg ikke er fuldt ud i stand til at passe på mig selv og tage sig af hende.

Jeg ved detikke, jeg kan ikke komme i tanke om en løsning nu.

22. Januar 2022 (2022)

Første session af hypnose, 18:00

Jeg er lige vendt hjem fra dr. Reynmans kontor. Som sædvanlig var han meget venlig. Han fik mig til at gøre nogle langsomme vejrtrækning og yoga øvelser og derefter bad mig om at ligge ned på måtten for placeringen af liget. Med sin stemme riflet og som bare hviskede han fik mig til at koncentrere sig om   alle dele af min krop, han bad mig om at indgå en kontrakt, løft for eksempel et ben eller arm ad gangen, og derefter opgive det på måtten. Efter et stykke tid var jeg i en   slags trance, men stadig opmærksom og vågen. Endelig fik han mig til at ligge langsomt ned på solsengen- gul okker lædersofa, som jeg må sige var yderst behagelig.

Værelset var indhyllet i svagt lys. Jeg kunne næsten ikke skelne mellem de victorianske møbler, lysene, de store vinduer skjult af gul fløjl og krikand gardiner. Atmosfæren var intet mindre end usædvanlig. Jeg forventede næsten at se ånder fra fortiden komme til mig og tale med mig. Lægen var en svag eutereous tilstedeværelse. Jeg følte kun den faste sødme af hans ord.

- Kære Romer, indtast venligstoroogio-appens   gyldne pendulså til væggenforan dig. Du ser, hvordan det svinger, du observerer bevægelsens harmoniske og bølgende natur. Han føler sig træt, meget træt og afslappet. Lyt til musikken, denne harpe fører dig til søde minder fra hendes barndom. Løbene, latteren, skrigene, spillene. Hvad ser du?

- Jeg ser min bedstefar smile til mig, tage mig i sine arme og få mig til at
  sidde på knæ, så tag hans briller på og læs den selvbiografiske bog, han
  skriver.
- Hvordan har du det med mr. Roman?
- Jeg føler mig lykkelig.
- Er du bange?
- Nej, nej nu.
- Hvorfor siger han *nu,* har han været bange i fortiden?

Jeg begyndte at få ophidset, jeg følte mit hjerte slå i mit bryst tilinmpazzata.
Dr. Jack må have bemærket det. Fordi han holdt op med at stille mig
spørgsmål.

- Vejrtrækninger, ansigt lange dybe vejrtrækninger.

Mit hjerteslag langsomt tilbage til normal. Så lægen fortsatte. Derefter kan
jeg ikke huske noget om mødet. Jeg befandt mig sidder foran den elegante
mahogni jack skrivebord smilendepå mig, ogjeg følte mig som jeg var.

- Kære Mr. Roman, jeg er glad for at kunne bekræfte, at vi er på rette vej.
  Jeg noterede migvigtige detaljer, som hun afslørede for mig, mens hun var
  i en tilstand af hypnose. Jeg gentager, at De vil følge mine instrukser indtil
  næste møde!

Jeg takkede ham og gik tilbage til det hotelværelse, jeg havde reserveret i hele
måneden. Jeg havde lavet aftaler med min elskede Brigitte, så jeg kunne
dedikere mig selv i en eller to måneder til min terapi, og i slutningen af
behandlingen ville vi blive gift uden forsinkelse. Hun havde accepteret med
sødme, selv om hendes ønske for mig var indlysende.

Dr. Jack Reynmans fonografiske dagbog

22. januar 2022, 20:00

Jeg harværeti stand til at gøre hele morgenen   medøvelsereller fysisk,netop
jegsvømmede fra 6:45 til 7:45 i den indendørs pool, her i mit hus. Ho
mediterede, og jeg nød den mirakuløse massage af min kære ven Josephine
delle Filippiine, der har arbejdet i 25 år nellen spa i min
villa,medfremragenderesultater for mig og minevenner.

Miss Brigitte bliver i dependance,nær birkelunden,   i to ugerog. Hun virkede
tilfreds med, hvordan jeg styrer hendes kærestes terapi. Den unge mand er i
en situation med alvorlig afhængighed af forskelligestoffer og er endnu ikke
kommet til en fuldstændig omarbejdning af det psykologiske sår, der blev
modtaget i en tidlig alder, da det kom ud fra det første møde i hypnose, som
jeg vil beskrive i detaljer om kort tid.

Under alle omstændigheder har Miss Brigg imponeret mig megetonatil. Hun
er en dejlig jomfru. Jeg kan ikke definere i detaljer motivi afsin charme. Dette
erden kombineredeeffekt af en utrolig friskhed, såsom duften af en gammel
blomst af en sjælden og flerårig art og af en markant videnskabelig
skarpsindighed.

Jeg modtog kun to patienter i eftermiddags: fru Brown og hr. Hunter. Entranbi
lider af bipolar personlighedsforstyrrelse. Jeg behandler begge personer med
hypnotisk-kognitiv terapi. Damener allerede blevet behandlet af mig i en

måned. Det harfremmedgjort tegntypisk for midaldrende hysteri, et typisk fænomen af husmødre, der ikke har en aktivitet uden for hjemmet, der fuldt ud involverer dem. Hun blev skilt fra sin mand i september sidste år, 2020. Han erklærer, at han ikke kan forestille sig en rapportmed en andenmand, han lider af panikanfald, når han er i selskabmedmænd.

Hun har taget valium i 5 år, og jeg handlede i overensstemmelse med den kollega, der ordinerede det til hende første gang, kun steller hyperbolically reducere doseringen, for at befri patienten fra dette lægemiddel. Jeg tror, hypnose sessioner er den mest effektive metode i øjeblikket til at bringe frem i lyset de traumer, der er roden til psykoser. Men jeg er overbevist om, at den virkelige løsning på lidelserne er, når patienten beslutter med alle hans væsen til at påtage sig det fulde ansvar for sin egen eksistens. Reaktionen frapatientenog terapi vil guide mig i fortsættelsen af kuren.

Hvad hr. Hunter angår, har jeg bemærket, at frk.   Brigitte har en stabil personlighed og er en ivrig observatør. De er åbenbart forelsket i hinanden. Men Mr. Hunter i denne rapport er den svage del i klinisk forstand. Hvis denne unge mand ikke genvinder tilliden til ser sig selv og karakterstyrken, der er nødvendig for et lykkeligt og tilfredsstillende liv, er forholdet af indlysende grunde i fare.

Jeg gav ham et mildt beroligende middel til atlette hypnose.

Denne første session varede en halv time og belyste følgende punkter:

1) Mr. Roman lider af en potentielt behandlelig lidelse uden psykofarmaka. Jeg udleder dette fra den lethed, hvormed han kom sig, da han havde den følelsesmæssige krise på grundaf

hukommelsengenoplevet i en hypnotisk tilstand af destabiliserende
erfaring levede i en uspecificeret alder, men helt sikkert mindre end de
13 år, hvor han begyndte at ofte forlade huset af hans faderlige
bedsteforældre, at drikke, at ryge med venner ikke altid beroligende.

2) Succesen med behandlingen er baseret på antagelsen om konstans i at
følge mine recepter. Emnet har afsløret en tendens til at tage afstand
fra virkeligheden og konkrete problemer. Men når han er trængt op i
en krog, tager han en positiv holdning. Jeg tror, at dette skyldes den
vane modnet over tid for at flygte i stedet for står over for
udfordringer, i hvert fald dem, der betragtes ud over ens muligheder,
en arv fra barndommen traumer, der stadig underminerer hans
selvtillid og selvværd. Jeg er dog optimistisk med hensyn til
virkningerne af den igangværende behandling. Jeg vil notere mig
udviklingen.

Brigitte's Dagbog – 20. juli 2021

Begyndelsen af det canadiske eventyr - Minder

Jeg landede i Canada på en søndag i marts 2016.

Jeg er forelsket i dig, kendt online på YouTube og Facebook.

Jeg håbede, du ville hente mig i lufthavnen. Næste gang henter du mig fra mit hus eller lufthavnen. Det er jeg sikker på.

Jeg var alene i et ukendt land og ledte desperat efter arbejde.

Jeg distribuerede papir noter hus for hus med min mobiltelefon nummer skrevet på det, hvis nogen havde brug for en hushjælp.

Min mand er mere og mere forelsket i mig hver dag. Og canadisk, blond med mørkeblå øjne, som det dybe hav. Og han er skateboarder, pianist og elsker.

Med ydmyghed, med stolthed, med dedikation fandt jeg dem, der værdsatte mit arbejde. Men manuelt arbejde er ikke min forte. Jeg lejede et værelse for $ 600 per måned.

Vores hvide slot ved Atlanterhavet har jeg altid ønsket mig, siden jeg mødte dig. Jeg forestillede mig, at du komponerede musik i rummet med instrumenter, med synthesizere, med yogamåtter.

I to eller tre måneder arbejdede jeg i en garnindustri, hvor du startede fra rå skeiner og producerede kugler af uld, syntetisk fiber eller en kombination af de to.

Jeg vil ikke lide, det valgte jeg. Jeg ved, at vi snart skal giftes til foråret, sandsynligvis i marts 2020, den 21. på min elskede farfar Don Cosimo Agrustis fødselsdag. Han plejede at sige, at hvis han levede længe nok, ville han give mig en stor gave til mit bryllup. Nogle gange hører jeg hans stemme, hans tilstedeværelse bag mig, hans beroligende hænder hviler på mine skuldre.

Jeg skal bare harmonisere med denne fortryllede hav, jeg er nødt til at holde skrive denne roman, som jeg har inde, og det er endelig kommer ud. Min er overlevelse. Skrivning fra mod og ekstrem styrke til ønsker og drømme, former konturerne, fra deres faste stof.

Kære kommende mand Roman, jeg ved, at du måske ikke forestiller dig, hvor meget du elsker dig selv, og du vil have lige nu. Måske er du på din elskede levering af Clonazepam, Lyrica, Gaba Pentim eller Tomazepam. Se jeg lærte disse navne. Jeg håber, du har det sjovt nok med det nye skateboard. Jeg beder til, at han vil komme tilbage til mig så hurtigt som muligt. Jeg ved, at der er en grund til, at du skal forelske dig i mig igen.

I dag gik jeg ud to gange for en tur drevet af instinktet for at overleve den smerte, du kan gå ud med en anden. Walking gør sind og sjæl flytte, følelsesmæssige traumer blokere energi.

Jeg skal bare harmonisere mig selv med det smukke hav i horisonten, der ligner en tynd isplade, der dækker en del af jordens overflade.

Fuld af taknemmelighed, jeg føler mig rig, beruset.

Intimitet, tillid, hengivenhed, stærk, uløseligt bånd: det er, hvad mit hjerte ønsker. Mest af alt har jeg brug for kærlighed og skønhed. Følelse smuk, elsket og forkælet.

Jeg vil have dig til at komme tilbage til mig, at vi bor sammen glade og frie i vores slot-hus. Jeg ser havet i horisonten, gennemsigtigt, rent og friskt. Jeg vil gerne fordybe mig helt i dem. Tag en bil.

Forskellige nuancer af lyseblå skelnes. En magpie synger hendes skingre
sang, som om at bekræfte hendes samtykke. Der er en sort plet i havet,
sandsynligvis en båd.

Afsnit 8

Brigitte Fioris dagbog – Minder skrevet den 21. juli **2021**

Fred og hans isnende historie

Ejeren af huset, hr. Fred, ønskede at hjælpe os i den guddommelige
kærligheds navn, han kom for at møde os i Tim Hortons, hvor vi boede de
nætter. Så viste situationen, som i første omgang virkede rosenrød, fordi vi
kunne have en hel lejlighed, sig at være vanskelig, for følsomheden af dig og
mig. Udlejeren stolede ikke længere på os og fik os til at overnatte på
motellet, faktisk gik vi sammen med ham og hans hund, alt sammen i et stort
rum med to dobbeltsenge. Så besluttede han at slippe af med os, og vi endte i
en kirke i to uger. Så igen hjemløse for et par dage og endelig en Bed
&breakfast, anbefalet af en pensioneret lærer, som jeg mødte i den store
kommunale bibliotek i byen Collingwood.
Jeg sov stadig halvt, en flok krager krager gav mig en god morgen, i morges
klokken syv og en halv. Sorte fugle lavede pirouetter nær min balkon.

I Canada kunne jeg se tæt på en familie af stinkdyr, islandske heste, egern, melankolske bluejays eller blå jays.

Hver enkelt har i ham et tomt og stille rum, fuld af visioner, af mystiske billeder. Jeg lever ofte af mine drømmes skønhed og mine mest intime ønsker.

Vi mødtes online for første gang på YouTube-kontoen for den vidunderlige bulgarske yogalærer Ali Kamenova. Så et par år senere på Facebook.
Et slot på den toscanske kyst, forlovelsesringe, lugt af ristede kastanjer og hjem. Duft af fyrretræer, træ-foret avenue, jeg ride en hvid ganger og hovedet mod indgangen. Jeg efterlader hesten bundet til grenen af en cedertræ. Slottet ligner mig ensomt. Dette fravær af mennesker er en værdifuld kilde til vækst og kreativitet. Øve yoga og meditation lærer dig at være glad alene og skærper sanserne på en ekstraordinær måde.

Du begynder at se ting, du aldrig har bemærket før, små detaljer, som afslører for dig, hvordan dit syn er klarere og mere præcist. hvordan man vågner op fra en lang søvn, hvordan man lever virkeligheden for første gang. Jeg kan tydeligt opfatte knap hviskede stemmer og små lyde. Ensomhed styrker forbindelsen med mig selv. At leve i balance er som at krydse verden med en skefuld olie i hånden, idet du er opmærksom på ikke at tabe den. Olie repræsenterer ens indre. Lugte en fyr kegle, den berusende lugt af harpiks smager af fred og mystik, som enhver begivenhed i livet. Da jeg vendte tilbage til Italien, går jeg rundt i huset barfodet eller med sokker, jeg smed mine hjemmesko væk. Så jeg har en følelse af større stabilitet og konkretitet, føler intenst min kontakt med moder Jord.^{E}

Jeg er tiltrukket af enkelheden og integriteten af kinesiske og japanske kulturer. Den vidunderlige flerfarvede blomster broderi på Kimonos, husene med store skydedøre glasdøre. Jeg føler ønsket om juveler, at købe eller modtage dem, ikke som et symbol på luksus, bare for deres charme, deres skønhed.

Glad i mit slot på havet, jeg føler, at zen stil tilhører mig. Jeg deler hensigten om at give hellig værdi til aktiviteterne og genstandene i hverdagen. Som om at sige, at meningen med livet er i små fagter, i enkle ting. Lev intenst det eneste øjeblik, der tilhører os, det nuværende, kaster fordomme og tabuer for vinden. Et elegant og ædru liv, ægte i sin forbindelse til hele universet. Jeg lod tingene ske, lad Universet-Tao elske mig og organisere begivenheder for realiseringen af mine ønsker og andres. Enhver levende form ønsker og fortjener at være lykkelig og glad, og hvert objekt har sin egen sjæl eller vitale essens. I det væsentlige er vi alle forbundet på et indre niveau, og for at være opmærksom på det er det nok at tie inde og lytte.

Den duftende fyr kegle bringer til at tænke på minderne om, når som teenager, om sommeren, jeg plejede at ride en cykel i shorts og t-shirts, for træ-foret gader Castellaneta marina om eftermiddagen. Om morgenen havde jeg været på stranden. Sandet, kysten, bølgerne, havet, havet, søen, bjergene er elementer af min sjæl.

Jeg husker med hengivenhed min bedstefar Don Cosimo, min fars far. Jeg var en høj, tynd, elegant mand. Han blev kaldt Don, fordi han måske blev betragtet som en vis rang, og han var bestemt en generøs gentleman. Han lånte penge til venner og tilbød dem drinks i baren. Lille hat tunet til den fulde jakke og bukser, som han ofte bar med en vest. Han elskede mig meget højt og plejede at sige, at hvis han levede længe nok, på min bryllupsdag ville han give mig en stor gave. Han tillod mig at spille frisør, kæmning hans hår lige og hvidt. Jeg kan huske, at jeg elskede at se ham ryge i stolen. Han ejede en masse jord, og vi gik ofte alle sammen på landet, for at finde svampe eller til en picnic. Jeg kunne godt lide ved sådanne lejligheder at løbe, ligge på græsplænen og spise blomster. Et ædru liv, rent og enkelt som vand strømmer i en flod, undertiden rolig, undertiden stormfuld, uden at tvinge noget, lade sig krydse af strømmen.

Jeg bor lige nu i et hus på en ø. Roman er langt væk. Huset er omgivet af solide hvide vægge og en have inden for murene. Det er egentlig ikke et hus, det er mere et lille slot af hvide sten, med to tårne med en rund base. Jeg står op og sætter mig på sengen. Jeg bærer en lang hvid blonde natkjole og hvide lærred hjemmesko. Jeg forlader rummet og går ned ad vindeltrappen, mod hoveddøren.

Lige nu sker der noget vidunderligt, jeg venter ikke på noget, jeg er taknemmelig for de ting, som livet giver mig dag for dag. En hvid sommerfugl flyver som jeg kører, en figen, en flok druer, en kat, min mor, min nevø, min far, min søster, en ven, et værelse, et landskab, en sky, en solskinsdag, planter på balkonen, fugle synge, og så videre, ender på en bærbar computer, på min meget lange brune hår. Jeg får dem til at vokse op til hofterne. Jeg kan kun overleve ved at drikke det glatte hav i horisonten.

Jeg ser mere og mere klart hver dag. En drukkenbolt skriger. Når jeg husker, at du, Roman, var så fuld, at du ikke kunne gå, jeg støttede dig, men du faldt midt i en vej, sent om aftenen. Vi boede i en gammel lejlighed i Hamilton, Ontario. Jeg var nødt til at tage dig med hjem efter vægt. Jeg var så bekymret, at jeg elsker dig så højt. Jeg tog tøjet af dig og hjalp dig med at tage et bad. Så tog jeg dig i seng, kyssede dig og dækkede hele hans krop med det varme tæppe.

Jeg føler i mit hjerte, at efter noget smelter inde i mig, sker der noget magisk, måske den varme gule solnedgang, måske den japanske musik.

Nu er det nat, klokken 02.30. Jeg har lige kigget på de 4 cifre på skærmen på mobilen. Jeg sov. Roman ringer ikke til mig endnu. Jeg stoler på ham, han vil gøre det på det rigtige tidspunkt. Italien er 6 timer foran Canada. Jeg er ængstelig og beslutter at slappe af og falde i søvn igen.

Jeg befinder mig i den samme lille japanske slot på toppen af Mount Fuji. En kølig brise fik mig til at vågne op. Jeg bærer en hvid uldjakke på min natkjole og går udenfor. Det er meget koldt. Den iskolde luft kommer ind i mine knogler. Jeg prøver at komme ud af haven, men væggene er for høje. Jeg kan ikke flygte.

Nogen tog mig her, mens jeg sov, eller mere sandsynligt bedøvet min drink med en høj dosis af Rivotril, da jeg talte med en gammel kvinde med langt hvidt hår på Mogols Bar. Jeg kan ikke gå ordentligt, jeg snubler og får kvalme. Min vejrtrækning er langsom, og jeg føler en generel følelse af

tireness, træthed. Fortvivlelse vokser inde i mig og varme tårer glide på mit
ansigt.

de kæmper i samme hensigt. Det er i vid udstrækning simpelthen af vane,
at vi har en reaktion af utilfredshed, utilfredshed, vrede og irritation som
følge af små oppositioner, skuffelser eller andre lignende begivenheder.
Vi har reageret på denne måde så længe, at det er blevet en mental vane
for os, derfor en tro på vores ego. I princippet stammer vores reaktion af
ulykke fra det faktum, at vi har fortolket enhver begivenhed som et chok
for den agtelse, vi har af os selv. Lad os tænke at starte med enkle og
banale eksempler: en bilist dytter vores horn uden behov, nogen afbryder
os og er ikke opmærksom, mens vi taler, en anden handler ikke mod os,
som vi gerne vil have ham til at handle, en gammel kollega svarer ikke på
vores hilsen; Til alt dette og også til begivenheder, der ikke påvirker os
personligt, reagerer vi, som om de var fornærmelser mod den agtelse, vi
har for os selv, fordi vi fortolker dem som sådan. Bussen vi var nødt til at
tage ankommer sent, når vi ønsker at spille golf det regner, hvis vi er nødt
til at tage det fly, vi befinder os i en trafikprop: til alt dette har vi en
reaktion af vrede, vrede, selv-sørge; i et ord, af ulykke. Nu har jeg fortalt
hende det væsentlige, jeg har brug for at se hende romerske asap. Den
medicin, du tager kun udskyde din lykke, og jeg vil ikke være i stand til at
tilgive mig selv, hvis jeg ikke giver det mindst én prøve.

Kapitel 9

12/07/2021, Zakyntho Island, Grækenland, 0:14

Dagbøger af romerske Hunter

Dr. Jack ordineret mig går i et vedvarende tempo ved daggry og skumring, hver dag i to uger, og hvis jeg bemærkerde positive virkninger på mit humør og energi, vil jeg fortsætte denne pleje på ubestemt tid ved at give mig selv passende pauser, når jeg føler behov.

Når jeg begynder at føle skælven, svimmel jeg nødt til at kalde til at tænke på ethvert billede, der giver mig ro og komfort. Og så løb, løb eller skateboarding, hoppe, kramme Brigg, hvad bringer mig tilbage på min vej til lykke. Han sagde også, jeg skulle skrive. Dette flade hav smukt, gennemsigtigt, lyst, badet af det kolde lys på denne lørdag i januar, at havet jeg ser på hver morgen, hver dag er anderledes. En dag er det lyseblåt med klar himmel, en anden gang er det dystert blåt. Kontinuitet er hverken nødvendig eller reel. Kvantespring kan gøres. Intet er umuligt, intet blokerer og vil aldrig og aldrig blokere din tænkning, din kreative og guddommelige fantasi. Kun du er ansvarlig for det og mester.

Følg straks de glade tanker, de vidunderlige, de smukkeste, dem, der får dig til at føle dig godt, elsket, tilfreds.

Dagbog af Brigitte Fiori

7. september 2021, International Pearson Airport, Toronto, 06:11

- Please lady, på denne side - Stewart's venlige og kontrollerede stemme viser mig vejen ud af flyet, der lige er landet. Den kølige morgenbrise får krikandssilke i min kjole til at flagre som et flag, da jeg går roligt ned og dirrer af spænding, den lange trappe til jorden.

Den elskede canadiske land, venstre præcis to år siden, nu er det næsten forekommer mig at dominere det, at besidde det, mens jeg lå min fod frem og ned, med omtanke, på vagt, som om den søde virkelighed kunne knække og forsvinde som en drøm. Jeg tæller dem, de er 25 trin, den ene bag den anden de tager mig til dig, min elskede skat.

De dyrebare farver daggry er en forløber for glæde og skatte i vente for denne vidunderlige dag. Den lange ventetid på dette øjeblik, kedsomhed, håb, fortvivlelse, alt forsvinder. Kun dette øjeblik eksisterer og fylder min gave.

Og jeg går ned ad femte trin, og jeg går ned, og jeg går ned. Jeg bærer globe røde tennissko, der ligner vilde blomster under den lange og brede nederdel. Hvor er du Roman? Er du i shelterrummet, eller kom du for at hente mig? Måske. Og hvad betyder det nu. Intet, alt er perfekt. Alt er i skønneste udr alle.

Kommissionen kan tage Kommissionens lovgivningsmæssige 23, 24 og 25.
Jeg er nede, på jorden, jeg går langsomt, og jeg har mine ben lidt følelsesløse
for de endeløse timers flyvning. Mine slægtninge er 8000 km fra mig, i
Italien. Jeg har en kongelig morgenmad på drømmecaféen i lufthavnen. Blå
linned dug og klud servietter, og hvid keramik, hvad en fryd!

Jeg forkæler mig selv med en eksotisk frugtsalat, en krudt grøn te, en japansk
matcha cheesecake. Jeg har det godt, sprudlende med frisk energi.

Du lærte mig ikke at bekymre mig om noget, at slappe helt af i miraklet i
nuet. Vi praktiserede yoga og meditation sammen på mange hotelværelser. Du
var meget genert i starten.

Da jeg lukkede øjnene og sad på tværs af benet på en agiugamano liggende på
moquet, kyssede du mig i panden. Du er så sød.

Som barn, i gymnasiet, drømte jeg om at blive forsker i fysik, om at arbejde i
et laboratorium omgivet af majestætiske træer i England eller i det nordlige
Italien.

Jeg studerede i lang tid, jeg var forsker i et år for andre. Nu søger jeg efter
formål efter eget valg. Vi har været væk i temmelig lang tid. Nu er vi ved at
blive genforenet, endelig. Enhver tvivl forsvandt, klarheden i begæret sejrede.

Jeg forlod Canada den 7. august 2019. I dag er 7. august 2021. Cirklen lukker.
Vi vil blive gift, vil vi købe et slot på Lake Huron, og vi kan endelig være
sammen, dedikere os til kunst, videoer, rejser, musik, dans, skateboarding,

rulleskøjter, bøger, eventyr, cykling, udforskninger. Husk, vi udforskede den mærkelige og foruroligende by Hamilton nær Toronto.

Så du kan lide Alan Watts så meget, du talte til mig om det med følelser, og jeg blev flyttet efter tur. Så gør du ado, en forfatter, der elskede hallucinogene stoffer.

En læge på et af de mange skadestuer på hospitaler, som vi hædret med en af vores besøg, påpegede over for dig:

- Kære hr. Hunter, du kan ikke være konstant i ekstase. Livet er et sving.

Nå du kan, bare være i høj vibrationelle tilstand, og du behøver ikke narkotika til det. Bare slap af på en eller anden måde. Slip tvivl, usikkerhed. Mægle, trække vejret, værdsætte hvert lille væsen, hver solopgang, hver farve, hvert ansigt, hver solnedgang. Find noget, vi elsker, som vi kan lide i den nuværende situation. Startende fra glæde, fra latter, fra den indre fred således opnået, selv om der for en kort tid i begyndelsen, er dette nøglen til lykke, til tilfredshed.

Narkotika er en kunstig erstatning, som ikke løser noget, de giver ikke den fred, der desperat søger vores sjæl, vores sande selv, som er uendeligt, som er guddommeligt, som er forbundet med alt, derfor også til objekterne i vores ønsker. Så bare tilpasse dig selv, en tendens til de ting, du ønsker på en eller anden måde.

Romans kærlighed til bøger – Fra Brigitte Fioris dagbøger

Den anden forfatter, du elsker så meget, Chuk Palianuk. Halvt ukrainsk, halvt russisk og halvt fransk, du elskede ham for hans foruroligende skrivning, som stammer fra afsky og fører dig til at vælge en smukkere verden.

Jack Kerouak, Philip Dick, og endelig Hunter Thomson, hvis navn er i kombination nøjagtig identisk med dit efternavn, til din mor, da din far, den vidunderlige svenske model, ikke har omcoited du kan lide hans søn. Disse forfattere er spejl dele af dig.

Mit værelse, med sit gulv af hvide keramiske mursten, fint overseget med beige, er en kop med firkantede vægge af hvid kalk. Indeni føler jeg mig beskyttet, stille i min skal. Billeder af vidunderlige slotte og villaer, omgivet af majestætiske fyrre- og palmelundeskove, hvide sandstrande og krystalklart vand.

 Guitaren til at give dig så hurtigt som muligt hælder mod væggen foran skrivebordet af massivt valnød træ. Der er stykker af drømme og ønsker i dette komfortable rum: candy pink rulleskøjter, en blå sukkerpapirmåtte, billedet af en smuk sort kvinde, malet med dig i tanke om dig, som for mig er de mest eksotiske drømme.

Stoffer, psykofarmaka, amfetaminer udøver en stor fascination af dig. Barbiturater, sovepiller, sukkerholdige mandler for at aktivere en sindstilstand, den kunstige illusion af en konstant tilstand af fornøjelse. Et attraktivt og dyrt mål i forhold til sig selv og ens kropskonvolut.

Min kære skat, der er en anden måde. Det er vejen. En enorm fornøjelse, som kommer fra en ny bevidsthed. Spurve piber deres glæde, værdsætter himlen, mad, selskab. Her til morgen en stor møl flagrede i et par minutter på verandaen omkring mig. Da hun stoppede, krøb jeg sammen og så på hende med beundring. Jeg kan sværge på, at hun vendte det lille hoved mod mig, pegede hendes små øjne på mig, og ikke flygte. Han fløj med glæde, smag og sjov. Han ville stoppe et øjeblik på gulvet og derefter hurtigt flyve her og der. Hans budskab er vidunderligt. Lethed, vitalitet, fri bevægelighed. En natlig sommerfugl, i løbet af dagen kom til at give mig et budskab om lykke, bryde reglerne.

Hvor mange udforskninger, sammen os to! I skovene i Wasaga Beach, med masser af myg, langs strandene og i nærheden af moteller. Et af de mærkeligste eventyr var, da vi ledte efter indkvartering, og en dame, der var kendt i narkohandlerens bar natten før, tilbød os en sofa i et rum så lille og fuld af ting og mad, at dele med hende, hendes kæreste og en hund og krævede et ikke beskedent beløb. Alle rygere af tobak og marihuana. For mig var det meget mere ønskeligt at sove udendørs på en af strandene nummereret fra en til syv, som vi faktisk gjorde på en kold og fugtig nat i september 2018. Den nat, hvor vi sov krammede.

Jeg forstår bare ikke, hvad der sker med dig i de øjeblikke... Om morgenen, så snart du vågner, siger du: Jeg vil tage stoffer. Som om løsningen på ethvert problem er en lille farvet pille.

Du siger det, som om det var en fascinerende ting, som en boheme eller som en helt. Det er noget, der kommer fra fortiden. Et spøgelse, der genskaber med tanke. Der har været traumer, misbrug, nedlæggelser, giftige venskaber og oprigtige venner. Men kølvandet på en båd kan ikke få køretøjet til at bevæge sig i nogen retning. Det er bare skum. Det er os, der skimme øjeblik for øjeblik.

Vi kan sciegliere at være slaver til en dårlig hukommelse, eller visionære af en vidunderlig verden.

Roman lyttede til mine ord uden at svare på noget. Jeg følte, at selv om jeg ikke kunne dele mine refleksioner intoto, han følte duften og den flimrende efterklang gennem hans sjæl, skabte han en revne, selv om minimal i sin verden, lavet af objekter, mangefacetterede figurer, kaotiskfarvet.

Han havde beskrevet under hypnose hans underbevidsthed til Dr. Jack Reynmann.

Billeder af kaos var dukket op fra hans stillesjæl, men også farverige og blinkende geometriske figurer.

Diarieller Dafne Menàres

Opholder sig nat og dag i så mange år med den kvindelige hertuginde,lærte
jeg af hende nogle godevaner. Jeg lærte at elske og værdsætte mig selv mere.

Hun elsker at omgive sig med dyr uden at fratage dem deres frihed.

Fortsæt...